魂归千年

岑其与唐宋词的千年对话

岑 其／编著

上海人民美術出版社

最怜唐宋明月，魂归千年云山。
一枕初梦不变，畅游相约人间。

前 言

《魂归千年——岑其与唐宋词的千年对话》终于完成与134篇词中最后一篇的对话。此书五年前就开始进行选择和构思，2020年春节正式启动创作，近期随着创作的不断深入，我的心绪也一直随着词意而沉迷，浑然一体，难以自拔。

唐宋词中有李白之意境壮阔，有李煜和赵佶的亡国之痛，有张志和之淳朴，有温庭筠和柳永之委婉柔情，有东坡的豪放和雄浑、秦观和李清照的旅愁和感伤，有陆游的孤芳和深沉、辛弃疾的忧患和悲歌、晏殊的无奈和吴文英的含蓄等，我仿佛与上百位的诗人作了一次心灵对话，个中滋味、伤怀之情无法用言语来表达我是在享受文字中的美好还是文字外的感动！然，登高望远，泪湿衣襟，这座中华文化独特的文字高峰让我深感荣幸和好奇。多少年来，这片充溢着无限深情的土壤，小心翼翼地呵护着我的这一枝孤芳！

2023年2月2日

图 录

【李　白】

李白（701—762），字太白，号青莲居士，祖籍陇西成纪（今甘肃省秦安、庄浪、通渭一带），其先人曾迁居西域碎叶（今吉尔吉斯斯坦托克马克市）。李白五岁时，家庭由西域迁至绵州昌隆（今四川省江油市）青莲乡。二十五岁出蜀，漫游各地，天宝初待诏翰林，至德年间做永王幕僚，后因王室内乱获罪流放夜郎，遇赦而还，病死当涂（今属安徽省）。他是唐代著名的豪放派大诗人。他的诗风雄奇奔放，是古代浪漫主义诗歌的高峰，有《李太白集》。其《菩萨蛮》《忆秦娥》二词为后代词曲之祖。

忆秦娥　李　白

箫声咽，[1] 秦娥梦断秦楼月。[2]
秦楼月，年年柳色，灞陵伤别。[3]
乐游原上清秋节，[4] 咸阳古道音尘绝。[5]
音尘绝，西风残照，[6] 汉家陵阙。[7]

岑其和词

忆秦娥忆李白

筣笛咽，空待青琐帘外月。[8]
帘外月，良宵虚设，几番伤别。
却怕黄昏清秋节，无言倚栏望尘绝。
望尘绝，泪湿残照，天涯歌阙。[9]

2020年7月20日凌晨

注释

1　咽：咽泣。
2　娥：女子美称，秦娥即秦川女子。
3　灞（bà）陵：汉文帝刘恒陵墓，在长安（今陕西西安）东，为唐人送别处。
4　乐游原：在长安南郊，登临胜地。
5　咸阳古道：由长安经古都咸阳（长安附近）通向西北之道。
6　残照：落日余晖。
7　陵阙（què）：犹言陵墓，阙为墓道前两侧的石牌坊。
8　青琐：指精美的房间。
9　阙：同“缺”这里指歌声不全。

岑其／太白诗意图
137cm x 68cm

[刘长卿]

刘长卿（约726—789），字文房，宣城（今属安徽省）人，一说河间（今属河北省）人。天宝进士，曾任监察御史、长洲县尉。因事下狱，两遭贬谪，量移睦州司马，官终随州刺史，世称刘随州。诗工五言，人称“五言长城”。有《刘随州诗集》，存词《谪仙怨》一首。此词《刘随州诗集》题为《苕溪酬梁耿别后见寄六言》。

谪仙怨 刘长卿

晴川落日初低，[1] 惆怅孤舟解携。[2]
鸟向平芜远近， 人随流水东西。
白云千里万里， 明月前溪后溪。
独恨长沙谪去，[3] 江潭春草萋萋。[4]

注 释

1 晴川：晴天下的江面。
落日初低：落日开始接近地平线。
2 解携：与友人分手。
3 长沙谪去：用西汉贾谊被谪为长沙王太傅之事比喻自己的友人梁耿的被贬。
4 江潭：江畔。

岑其和词

谪仙怨·忆刘长卿

归棹斜阳初低，碧水无力解携。
落花不计远近，各自飘然东西。
梦里千里万里，听却前溪后溪。
举杯将月而去，渔火一望萋萋。

2020年7月17日凌晨

岑其／刘长卿《谪仙怨》词意图
68cm × 44cm

〔张志和〕

张志和，生卒年待考。初名龟龄，字子同，祖籍婺州金华（今属浙江省金华市）。年十六，举明经。唐肃宗时待诏翰林。后隐居江湖，自号烟波钓徒，又号玄真子。能书画，善歌词。词存《渔父》五首，描写隐逸生活，景物明丽生动，为早期文人词中较著名的作品。著有《玄真子》。

渔歌子 张志和

西塞山前白鹭飞，[1] 桃花流水鳜鱼肥。[2]
青箬笠，绿蓑衣，[3] 斜风细雨不须归。

注释

1 西塞山：在今浙江吴兴。
2 桃花流水：桃花汛，在春三月。
3 箬笠：用竹篾、箬叶所制的斗笠。
蓑衣：用草或棕麻编织的雨衣。

岑其和词

渔歌子·忆张志和

风轻雨细白鹭飞，桃红瘦软绿水肥。
青云起、沾花衣。长使游子总思归。

2020年7月20日凌晨4时20分

岑其／张志和《渔歌子》词意图
68cm×44cm

〔戴叔伦〕

戴叔伦（732—789），字幼公，一作次公，金坛（今属江苏省）人，曾任抚州刺史，官终容管经略使。有《戴叔伦集》。词存一首。

调笑令 戴叔伦

边草，边草，边草尽来兵老。[1]
山南山北雪晴，千里万里月明。
明月，明月，胡笳一声愁绝。[2]

注 释

1 边：指边境要塞之地。
2 胡笳：古乐器名。汉唐时流行于塞外和西域一带，声调激越凄清。

岑其和诗

读唐戴叔伦调笑令词得此

举杯将月独吞，月入诗肠晶莹。
莫怨阴晴圆缺，故国明月在心。

2020 年 7 月 17 日凌晨 3 时 03 分

读唐戴叔伦调笑令词句得此

江山领略诗兴，归来万里深情。
一路胡笳声声，元知故乡月明。

2020 年 7 月 20 日凌晨 4 时 29 分

岑其／戴叔伦《调笑令》词意图
68cm × 44cm

【李涉】

李涉（约806年前后在世），自号清溪子，洛阳人。唐宪宗时为太子通事舍人。不久，因罪贬为峡州司仓参军，后遇赦，文宗大和中任国子博士。存词六首。

楚宫怨二首·其一 李 涉

十二山晴花尽开，[1] 楚宫双阙对阳台。[2]
细腰争舞君沉醉，[3] 百日秦兵天下来。

岑其和词

楚宫怨（竹枝曲）·忆李涉

云水含情野花开，陂塘柳色半亭台。
杜鹃声断夕阳醉，一悬归帆日边来。

2020年7月20日凌晨5时

注释

1 十二山：指巫峡十二峰，在今重庆巫山县东，长江北岸。其中以神女峰最为纤丽奇峭。

2 楚宫：俗称“细腰宫”，在巫山县西北，是春秋战国时楚王的离宫。这里三面皆山，南望长江。双阙：这里指楚王离宫正门两侧的对称形门楼。阳台：又名阳云台，在巫山来鹤峰上，高一百二十丈，南枕长江。

3 细腰：代指楚宫的美女。相传春秋时代，楚灵王以细腰为美，臣下为了邀得灵王的宠爱，遂节制饮食，束紧腰带，甚至饿得有气无力，需扶着墙壁才能站起身来。据此推论，楚宫中的美女必首先是细腰，楚宫亦称为细腰宫。

4 竹枝曲：乐府《近代曲》之一。本为巴渝（今四川东郊）一带民歌，唐诗人刘禹锡据以改作新词，歌咏三峡风光和男女恋情，盛行于世。后人所作多咏当地风光或儿女柔情。

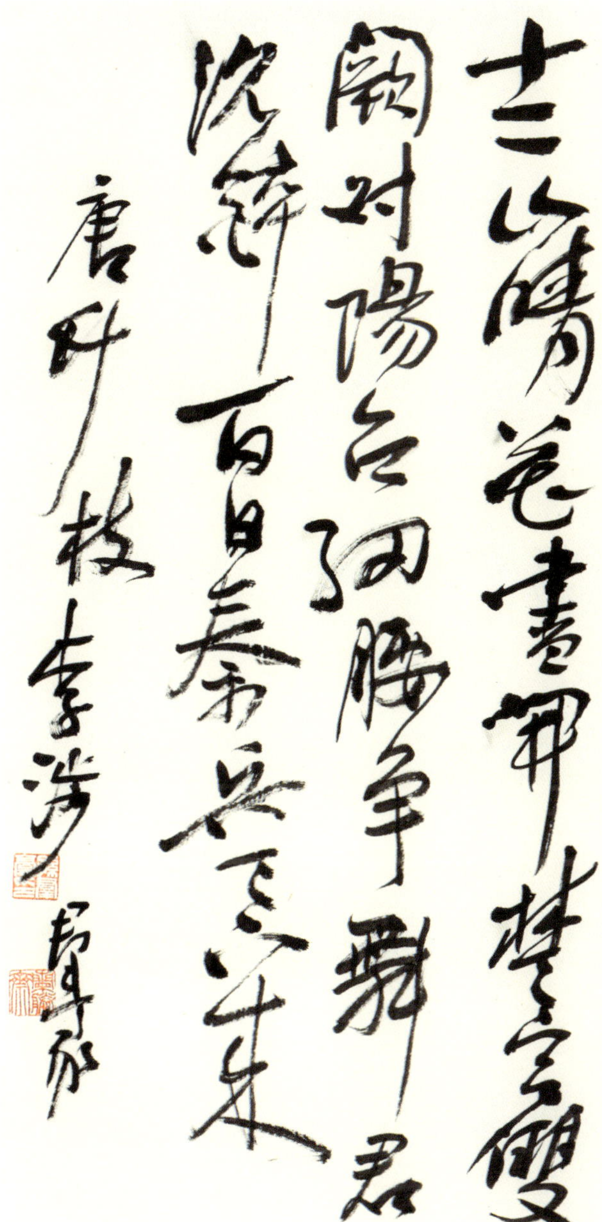

孙群豪书法／李涉《楚宫怨》词意图
86.5cm × 34cm

[王建]

王建（约767—831），字仲初，许州颍川（今河南省许昌市）人。大历十年（775）进士。初为渭南尉。长庆初，由太府丞转秘书郎。大和中，出为陕州司马，从军塞上，归居咸阳原。擅长乐府诗和宫词。有《王司马集》。词存十首，以《调笑令》流传最广。

调笑令·团扇 王 建

团扇，[1] 团扇，美人病来遮面。[2]
玉颜憔悴三年，谁复商量管弦？
弦管，弦管，春草昭阳路断。[3]

注 释

1 团扇：圆形纨扇。
2 美人：唐宫廷中内官之一，地位在才人之上，六仪之下。
3 昭阳：汉殿名，成帝宠妃赵昭仪所居。此处借指美人居所。

岑其和词

调笑令·忆王建

画扇，画扇，无端憔悴遮面。
花谢花开年年，夜夜和风管弦。
弦管，弦管，独凭朱栏望断。

2020年7月20日凌晨5时16分

岑其／王建《调笑令》词意图
86.5cm × 34cm

【刘禹锡】

刘禹锡（772—842），字梦得，洛阳（今河南省洛阳市）人，自言系出中山（今河北定县）。唐朝文学家、哲学家。唐贞元间（785—805）擢进士第，登博学宏词科。授监察御史，参加王叔文集团，反对宦官和藩镇割据势力。失败后，贬朗州司马，迁连州刺史。后以裴度力荐，任宾客，加检校礼部尚书，世称“刘宾客”。和柳宗元交谊很深，人称“刘柳”，后与白居易唱和甚多，也并称“刘白”。其诗通俗清新，善用比兴手法寄托政治内容。有《刘梦得文集》。

潇湘神·斑竹枝 刘禹锡

斑竹枝，斑竹枝，[1] 泪痕点点寄相思。
楚客欲听瑶瑟怨，[2] 潇湘深夜月明时。[3]

注释

1 斑竹：生长于湖南，相传系尧二妃哭舜，泪下沾竹成斑而名。

2 楚客：本指屈原。此指被贬楚地的刘禹锡。
瑶瑟：用美玉妆饰的瑟。古代管弦乐器。

3 潇湘：潇水和湘水相合。

岑其和词

潇湘神·忆刘禹锡

花满枝，泪满枝，春花含泪满相思。
客里怕听东风怨，乡关千里月明时。

2020年7月20日凌晨5时21分

岑其／刘禹锡《潇湘神》词意图
68cm × 44cm

〔白居易〕

白居易（772—846），字乐天，号香山居士，又号醉吟先生，祖籍太原市，到其曾祖父时迁居下邽，生于河南省新郑市。是唐代伟大的现实主义诗人，唐代三大诗人之一。白居易与元稹共同倡导新乐府运动，世称“元白”，与刘禹锡并称“刘白”。

白居易的诗歌题材广泛，形式多样，语言平易通俗，有“诗魔”和“诗王”之称。官至翰林学士、左赞善大夫。公元846年，白居易在洛阳逝世，葬于香山。有《白氏长庆集》传世，代表诗作有《长恨歌》《卖炭翁》《琵琶行》等。

忆江南三首 白居易

江南好，风景旧曾谙。[1]
日出江花红胜火，春来江水绿如蓝，[2]能不忆江南？

江南忆，最忆是杭州。
山寺月中寻桂子，郡亭枕上看潮头。[3]何日更重游？

江南忆，其次忆吴宫。
吴酒一杯春竹叶，吴娃双舞醉芙蓉。[4]早晚复相逢？[5]

注释

1 谙：熟悉。
2 蓝：蓝草，其叶可制作染料。
3 郡亭：指杭州官衙内所筑之亭。
潮：指农历八月中秋前后的钱塘江潮。
4 娃：美女。
5 早晚：当时口语，意与“何时”同。

岑其和词

忆江南·忆白居易

江南好，春风著两岸。
桃红柳绿双飞燕，新月斜挂碧云天，能不忆江南？
江南忆，最忆是秋天。
十里桂子香万家，水月芙蓉鸳鸯眠，能不忆江南？

2020年7月24日下午5时11分

岑其／白居易《忆江南》词意图
82cm × 49cm

〔皇甫松〕

皇甫松（生卒年不详），松，一作嵩。字子奇，号檀栾子。睦州新安（今浙江省淳安县）人。皇甫湜之子，牛僧孺之外甥。工诗善词。《花间集》称“皇甫先辈”。存词二十二首。在《花间集》《尊前集》中。今有王国维辑《檀栾子词》一卷。

梦江南·兰烬落 皇甫松

兰烬落，[1] 屏上暗红蕉。[2]
闲梦江南梅熟日，[3] 夜船吹笛雨潇潇。
人语驿边桥。[4]

注释

1 兰烬（jìn）：指香烛的余灰。
2 暗红蕉：谓更深烛烬，画屏上的美人蕉模糊不辨。
3 梅熟：江南春末夏初梅子黄熟，此时多雨。
4 驿：驿站。

岑其和词

梦江南·忆皇甫松

春红落，柳丝掩芭蕉。
记得去年梅熟日，雨欢烟泣风潇潇，难忘送别桥。

2020年7月20日早晨6时50分

岑其／皇甫松《梦江南》词意图
68cm×44cm

〔温庭筠〕

温庭筠（约812—866），唐代诗人、词人。本名岐，字飞卿，太原祁（今山西省祁县）人，唐初宰相温彦博之后裔，富有天赋，文思敏捷，每入试，押官韵，八叉手而成八韵，所以也有“温八叉”之称。温庭筠精通音律，工诗、词话。其诗辞藻华丽，秾艳精致，与李商隐时称“温李”，其诗今存三百多首，有清顾嗣立重为校注的《温飞卿集笺注》。其词注重词的文采和声情，今存七十余首，收录于《花间集》《金荃词》等书中，被尊为“花间词派”之鼻祖，与韦庄并称“温韦”。文笔与李商隐、段成式齐名，三人都排行十六，故称“三十六体”。

梦江南·千万恨　温庭筠

千万恨，恨极在天涯。
山月不知心里事，水风空落眼前花，摇曳碧云斜。[1]

注释

1 摇曳：晃动，动荡。

岑其和词

梦江南·忆温庭筠

桃花恨，粉泪遍天涯。
流水不知人间事，风雨消磨空落花，春残夕阳斜。

2020年7月13日凌晨1时28分

岑其／温庭筠《梦江南》词意图
68cm×44cm

望江南·梳洗罢 温庭筠

梳洗罢，独倚望江楼。
过尽千帆皆不是，[1]斜晖脉脉水悠悠。[2]
肠断白蘋洲。

注 释

1 帆：本为船上的风帆，此用作船的代称。

2 脉脉：静默无言之状，此形容情思不断。

岑其和词

望江南·忆温庭筠

梦醒罢，蛩声入画楼。
秋水烟雨晴如是，落花无语共悠悠。
寂寞夕阳洲。

2020 年 7 月 20 日凌晨 4 时 07 分

岑其／温庭筠《望江南》词意图
68cm × 44cm

更漏子[1]·柳丝长 温庭筠

柳丝长，春雨细，花外漏声迢递。[2]
惊塞雁，起城乌，画屏金鹧鸪。[3]
香雾薄，透帘幕，[4]惆怅谢家池阁。[5]
红烛背，绣帘垂，梦长君不知。

注释

1 更漏子：此调即所谓“夜曲”。古代用铜壶漏滴来计算时刻，把一夜分为五更，故名“更漏”。“子”就是“曲子”的简称。

2 漏声：古计时器的滴水声。这里指报更报点之声。
迢递：悠远貌。

3 鹧鸪（zhè gū）：鸟名，春季常在山间田野鸣叫。

4 幕：即帷。

5 谢家：即谢娘家，这里借指女子居处。

岑其和词

更漏子·忆温庭筠

寒夜长，冷雨细，帘外棹声迢递。
惊归雁，听啼乌，梦起闻鹧鸪。
欢情薄，俱谢幕，自醉临风倚阁。
影对背，空帘垂，寸心君不知。

2020年7月20日早晨7时

岑其／温庭筠《更漏子》词意图
31cm x 47cm

更漏子·玉炉香 温庭筠

玉炉香，红蜡泪，偏照画堂秋思。[1]
眉翠薄，鬓云残，夜长衾枕寒。[2]
梧桐树，三更雨，不道离情正苦。[3]
一叶叶，一声声，空阶滴到明。

注释

1 画堂：装饰华丽的内室。
2 眉翠：以翠黛描眉，见其眉之美。
鬓云：形容秀发飘拂如云。
衾：被子。
3 不道：不管。

岑其和词

更漏子·忆温庭筠

旧炉香，蜡成泪，繁华渗透愁思。
浮生薄，故梦残，别语入心寒。
月满树，星空雨，莫怨世情离苦。
泪页页，雨声声，独听到天明。

2020年7月20日上午9时59分

岑其／温庭筠《更漏子》词意图
68cm x 44cm

〔和凝〕

和凝（898—955），字成绩，郓州须昌（今山东省东平县）人。年十七，举明经，十九岁登进士第。历事梁、唐、晋、汉、周五代，累官中书侍郎同中书门下平章事、太子太傅。好为短歌艳曲，布于汴、洛、契丹号为曲子相公。著有《红叶稿》，不传。词存二十九首。今有王国维辑《红叶稿词》一卷。

春光好·天初暖　和　凝

蘋叶软，[1] 杏花明，画船轻。
双浴鸳鸯出绿汀，[2] 棹歌声。
春水无风无浪，春天半雨半晴。
红粉相随南浦晚，[3] 几含情。

注释

1 蘋叶软：蘋为蕨类水生植物，其嫩叶给人以柔软的感觉。
2 汀：水边的平地。
3 浦：渡口。

岑其和词

春光好·忆和凝

东风软，花月明，远水轻。
烟锁柳丝栖岸汀，雁声声。
心事或多或少，醉里半梦半醒。
暖觉拈花夕阳晚，空多情。

2020年7月21日凌晨2时40分

岑其／和凝《春光好》词意图
68cm×44cm

〔冯延巳〕

冯延巳（约 903—960），一名延嗣。字正中，广陵（今江苏省扬州市）人。南唐烈祖（李昪）时为秘书郎，与李璟游处。保大中，累官自中书侍郎拜平章事，出镇抚州。后再入相，改任太子太傅。善作新词，思深辞丽，律均调新，多写男女离情别恨和士大夫的伤感落寞情怀。在五代词中，堪与温、韦分鼎三足。对北宋晏殊、欧阳修的词颇有影响。有《阳春集》传世。

清平乐·雨晴烟晚 冯延巳

雨晴烟晚，绿水新池满。
双燕飞来垂柳院，小阁画帘高卷。[1]
黄昏独倚朱阑，[2] 西南新月眉弯。
砌下落花风起，[3] 罗衣特地春寒。[4]

注 释

1 画帘：有画饰的帘子。
2 朱阑：红色围栏。
3 砌：台阶。
4 罗衣：一种丝织品做成的衣服。
5 冰簟：凉席。

岑其和词

清平乐·忆冯延巳

花谢春晚，双眉心事满。
十分憔悴杏雨院，香阁半帘闲卷。
几度泪湿朱阑，记得那年月弯。
落妆新愁又起，画楼冰簟欲寒。[5]

2020 年 7 月 21 日凌晨 3 时

岑其／冯延巳《清平乐》词意图
68cm×44cm

谒金门·风乍起 冯延巳

风乍起，[1]吹皱一池春水。
闲引鸳鸯香径里，手挼红杏蕊。[2]
斗鸭阑干独倚，[3]碧玉搔头斜坠。[4]
终日望君君不至，举头闻鹊喜。

注 释

1 乍：骤然，突然。
2 挼（ruó）：搓，揉。
3 斗鸭阑干：池边便于观看鸭子相斗的栏杆。
4 碧玉搔头：一种用碧玉做的簪子。

岑其和词

谒金门·忆冯延巳

思正起，枕腻一行泪水。
鬓乱对镜黄昏里，空绣寸心蕊。
鸳鸯阑干独倚，一曲离声花坠。
夜夜思君君不至，垂泪又暗喜。

2020 年 7 月 21 日凌晨 3 时 05 分

岑其／冯延巳《谒金门》词意图
68cm x 44cm

长相思 · 红满枝 冯延巳

红满枝，绿满枝，
宿雨厌厌睡起迟，[1] 闲庭花影移。
忆归期，数归期，
梦见虽多相见稀，相逢知几时？

注 释

1 宿雨：夜雨。
厌厌：精神不振的样子。

岑其和词

长相思 · 忆冯延巳

花满枝，香满枝，
入槛风清酣起迟，月闲和梦移。
盼归期，恨归期，
别来无计相逢稀，当楼月圆时。

2020 年 7 月 21 日凌晨 4 时

岑其／冯延巳《长相思》词意图
68cm x 44cm

【李煜】

李煜（937—978），南唐后主。初名从嘉。字重光，号钟隐。李璟第六子，公元 961 年至 975 年在位，世称李后主，生于金陵（今南京市）。降宋后，封违命侯，被毒死。能诗善文，爱好音乐，亦工书画，尤以词名。其词以 975 年降宋为界，可分前后两期。前期词大都描写宫廷享乐生活，风格柔靡，亦有清丽之作；后期多抒发亡国被俘的痛苦以及对往昔帝王生活的怀念，表现出浓重的感伤情绪。艺术上善于运用白描手法，生动而形象地抒写真情实感，代表作有《虞美人》（春花秋月何时了）、《乌夜啼》（林花谢了春红）、《浪淘沙令》（帘外雨潺潺）等。

虞美人·春花秋月何时了　李 煜

春花秋月何时了，[1] 往事知多少？
小楼昨夜又东风，故国不堪回首月明中。
雕栏玉砌应犹在，[2] 只是朱颜改。[3]
问君能有几多愁，恰似一江春水向东流。[4]

注 释

1 春花秋月：代指岁月的更替。
2 雕栏玉砌：雕花栏杆，玉石台阶。此指南唐豪华的宫殿楼阁等建筑物。
3 朱颜：红润的脸色。
4 一江春水：比喻忧愁。

岑其和词

虞美人·忆李煜

天涯飘零何时了，故梦知多少？
最解落花是秋风，与君高歌沉醉月明中。
古今幽恨犹依在，帘外人世改。
绿杨清瘦雁归愁，往事难了空对水自流。

2020 年 7 月 21 日凌晨 5 时

岑其／李煜《虞美人》词意图
137cm × 70cm

相见欢·林花谢了春红　李煜

林花谢了春红，[1]太匆匆。
无奈朝来寒雨晚来风。[2]
胭脂泪，[3]相留醉，[4]几时重。
自是人生长恨水长东。

注释

1 春红：春天的花朵。
2 无奈：无可奈何。
3 胭脂泪：原指女子的眼泪。化用杜甫《曲江对雨》“林花着雨胭脂湿”诗意。
4 醉：悲伤凄惜之甚，心如迷醉。

岑其和词

相见欢·忆李煜

白头更惜残红，逝匆匆。
倚疏帘卷无意怯秋风。
天涯泪，和梦醉，隔重重。
空有柔情尽付水流东。

2020年7月18日凌晨4时30分

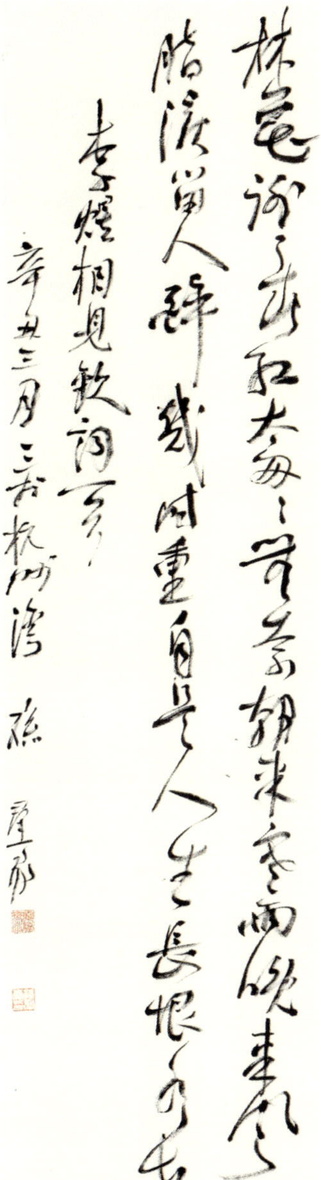

孙群豪书法／李煜《相见欢》词意图
138cm × 34cm

相见欢·无言独上西楼 李 煜

无言独上西楼，月如钩。
寂寞梧桐深院锁清秋。[1]
剪不断，理还乱，是离愁。
别是一般滋味在心头。

注 释

1 清秋：凄清的秋色。

岑其和词

相见欢·忆李煜

锦瑟年华入秋，徒回首。何苦留取故魂独登楼。
花半落，水空流，天涯愁。尘世绡尽几许已白头。

2020 年 7 月 22 日上午 9 时 30 分

岑其／李煜《相见欢》词意图
68cm x 44cm

浪淘沙令　李 煜

帘外雨潺潺，春意阑珊。[1]罗衾不耐五更寒。[2]
梦里不知身是客，一晌贪欢。[3]
独自莫凭栏，[4]无限江山。别时容易见时难。
流水落花春去也，天上人间。

注 释

1 阑珊：将尽、衰残。
2 罗衾：绸被。
3 一晌（shǎng）：霎时，片刻。
4 凭：依、靠。
5 还：这里指轮回，重生。
难了：难以了断，难以言状。

岑其和词

浪淘沙令 · 忆李煜

木落雨潺潺，秋意正残。雁过江渡声正寒。
飞花随波催归客，无心闲欢。
极目凭朱栏，寂寞云山。借问此生何时还？[5]
别来情绪魂去也，难了人间。

2020 年 7 月 20 日凌晨 4 时

岑其／李煜《浪淘沙令》词意图
68cm×44cm

破阵子 李 煜

四十年来家国，[1] 三千里地山河。[2]
凤阁龙楼连霄汉，[3] 玉树琼枝作烟萝。[4] 几曾识干戈？[5]
一旦归为臣虏，[6] 沈腰潘鬓消磨。[7]
最是仓皇辞庙日，[8] 教坊犹奏别离歌。[9] 垂泪对宫娥。

岑其和诗

读后唐李主李煜破阵子词句得此

家国无凭为臣虏，三千河山皆换主。
垂泪低唱别离歌，从此梦里金陵路。

2020 年 7 月 20 日早上 10 时 20 分

注 释

1 “四十”句：指南唐自先主李昪建国，经中主李璟至后主李煜为北宋所灭，前后共三十九年，此处“四十年”为概数。

2 “三千”句：指南唐疆土自淮河以南至福建省大部，约占江南方圆三千里。

3 凤阁龙楼：指南唐京城金陵（今南京市）中的宫殿楼阁，上面装饰着龙凤图形。

4 “烟萝”句：烟雾环绕的萝藤，本指山林隐士居住的处所。宫廷中树木名贵高大又繁多，故有玉树琼枝作烟萝之喻，并暗含李煜向往隐士生活。“作”当“造成”讲。

5 干戈：本指兵器，引申指战争。

6 “一旦”句：指李煜被宋俘虏。

7 沈腰潘鬓：两个典故。前者指南朝梁人沈约的腰带几个月要移短一孔，说明腰瘦了；后者指《文选》中载潘岳《秋兴赋序》载“余春秋三十有二，始见二毛”，即鬓发花白。

8 仓皇：指慌张。
辞庙：进太庙告别祖宗。

9 教坊：唐宋时朝廷掌管女乐的官署。

岑其／李煜《破阵子》词意图
68cm × 44cm

【韦庄】

韦庄（约836—910），字端己，长安杜陵（今陕西省西安市）人。乾宁元年（894）进士，任校书郎。后仕蜀，官吏部侍郎同平章事。在成都时，曾居杜甫草堂故址，故名其集曰《浣花集》。词与温庭筠齐名，并称“温韦”。然风格有别。韦能运密入疏，寓浓于淡，多用白描手法写闺情离愁和游乐生活，语言清丽。词存五十五首，在《花间集》《尊前集》《金奁集》中，今有王国维辑《浣花词》一卷。

菩萨蛮·劝君今夜须沉醉　韦　庄

劝君今夜须沉醉，[1] 尊前莫话明朝事。[2]
珍重主人心，[3] 酒深情亦深。
须愁春漏短，[4] 莫诉金杯满。
遇酒且呵呵，　人生能几何？

注释

1 须：必须，一定要。
2 尊：同“樽”，酒杯。
莫：切莫，千万不要。
3 珍重：珍爱，注重。
4 春漏：春夜。漏，古代漏水计时的器具。

岑其和词

菩萨蛮·忆韦庄

当下挥霍应一醉，颓年莫提少年事。
浮欢旅人心，薄凉情更深。
时逝良辰短，莫对清醑满。
披拂自呵呵，壮心又几何？

2020年7月22日上午9时22分

岑其／韦庄《菩萨蛮》词意图
68cm × 44cm

菩萨蛮·洛阳城里春光好 韦 庄

洛阳城里春光好，洛阳才子他乡老。
柳暗魏王堤，[1] 此时心转迷。
桃花春水绿， 水上鸳鸯浴。
凝恨对残晖， 忆君君不知。

注 释

1 柳暗：形容仲春季节杨柳茂密。魏王堤：即魏王池的堤坝，为洛阳游赏的胜地。

岑其和词

菩萨蛮·忆韦庄

疏风催教梦正好，落花一半春已老。
今宵醒柳堤，听雨还入迷。
春水几度绿，羞问鸳鸯浴。
深情付余晖，问君安可知？

2020 年 7 月 22 日早上 9 时

岑其／韦庄《菩萨蛮》词意图
68cm × 44cm

谒金门·空相忆 韦庄

空相忆，无计得传消息。[1]
天上嫦娥人不识，寄书何处觅？[2]
新睡觉来无力，[3]不忍把伊书迹。[4]
满院落花春寂寂，断肠芳草碧。

注释

1 计：计谋，办法。
2 觅：找人。
3 睡觉：睡醒。
4 伊：她，伊人，意中人。见《诗经·蒹葭》：“所谓伊人，在水一方。”伊书，即意中人写的信。

岑其和词

谒金门·忆韦庄

长相忆，深情暗盼消息。
敛态鬓霜已不识，初心何处觅？
春残枕孤无力，凝然愁望旧迹。
皓月画堂心寂寂，空照云水碧。

2020年7月18日凌晨4时23分

岑其／韦庄《谒金门》词意图
68cm × 44cm

〔牛峤〕

牛峤（生卒年不详），字松卿，一字延峰。陇西（今属甘肃省）人。唐宰相牛僧孺之孙。乾符五年（878）进士。历官拾遗、补阙、校书郎。王建镇蜀，辟为判官，及开国，拜为给事中。《花间集》称牛给事。著有《歌诗集》三卷。存词三十二首。今有王国维辑《牛给事词》一卷。

江城子[1]·䴔䴖飞起郡城东 牛峤

䴔䴖飞起郡城东。[2]碧江空，半滩风。
越王宫殿，蘋叶藕花中。[3]
帘卷水楼鱼浪起，千片雪，雨蒙蒙。

注释

1 此调的调名即是题目，写的就是一座江城的风物。从既是郡城，又曾有越王宫殿的记叙看，写的是古城会稽（今浙江绍兴）。
2 䴔䴖（jiāo jīng）：一种水鸟。
3 蘋：一种水生蕨类植物。

岑其和词

江城子·忆牛峤

蕉花露泣画楼东。月照空，树临风。
冷香水殿，一枕旧梦中。
几回望乡心浪起，关山遥，正蒙蒙。

2020年7月17日早上6时47分

岑其／牛峤《江城子》词意图
68cm x 44cm

[李珣]

李珣（855—930），珣，一作洵、询。字德润。先世波斯人，家居梓州（今四川省三台县）。少有诗名，兼通医理。以秀才屡予宾贡。事蜀主王衍，妹舜玹为昭仪。蜀亡，不仕。《花间集》称李秀才。有《琼瑶集》，已佚。词存五十四首，风格清婉，多感慨之音。其《南乡子》十七首写南方风土人情，颇有特色。今有王国维辑《琼瑶集》一卷。

巫山一段云·古庙依青嶂　李　珣

古庙依青嶂，[1] 行宫枕碧流。[2]
水声山色锁妆楼，[3] 往事思悠悠。
云雨朝还暮，[4] 烟花春复秋。
啼猿何必近孤舟，[5] 行客自多愁。

注 释

1 古庙：指神女祠。
青嶂：泛指青翠的山壁，这里指巫山十二峰的神女峰。
2 行宫：离宫，帝王出京在外地居住的宫室，这里指楚细腰宫遗址。
3 妆楼：即行宫内的宫女住处。
4 此句化用宋玉《高唐赋》记巫山神女自称“旦为朝云，暮为行雨”事。
5 此句化用《水经注·江水》引渔歌“巴东三峡巫峡长，猿鸣三声泪沾裳”语意。

岑其和词

巫山一段云·忆李珣

夕阳依青嶂，明月枕碧流。
含泪春风湿画楼，恋君忆悠悠。
归雁声声暮，万里问寒秋。
一去心知悬孤舟，萧萧随波愁。

2020 年 7 月 22 日上午 9 时 55 分

岑其／李珣《巫山一段云》词意图
68cm × 44cm

【顾敻】

顾敻，五代词人，生卒年及字号、籍贯均不详（亦有说字琼之）。前蜀时给事内庭，擢茂州刺史。后蜀时累官至太尉，善艳词。《花间集》称顾太尉。存词五十五首。今有王国维《顾太尉词》一卷。

杨柳枝 顾敻

秋夜香闺思寂寥，漏迢迢。[1]
鸳帏罗幌麝烟销，[2] 烛光摇。
正忆玉郎游荡去，[3] 无寻处。
更闻帘外雨潇潇，滴芭蕉。

注释

1 迢迢：形容计时的漏声悠长。
2 鸳帏：绣有鸳鸯图案的蚊帐。
帏，同“帷”。
罗幌：丝织的帷幔。
3 玉郎：对丈夫或情人的美称。

岑其和词

杨柳枝·忆顾敻

秋庭斜月思寂廖，忆迢迢。
案台昏沉香烟销，风烛摇。
断弦试问人何去，无觅处。
忍看窗外雨潇潇，听芭蕉。

2020年7月18日凌晨4时11分

岑其／顾敻《杨柳枝》词意图
68cm × 44cm

诉衷情·永夜抛人何处去　顾　敻

永夜抛人何处去？[1]绝来音。
香阁掩，[2]眉敛，[3]月将沉。
争忍不相寻？[4]怨孤衾。[5]
换我心，为你心。始知相忆深。

注释

1　永夜：长夜，整夜。
2　香阁：古代女子闺房的美称。
3　敛：收拢，聚集。
4　争：同“怎”。
5　衾：被子。

岑其和词

诉衷情·忆顾敻

醉人春红何处去？空啼莺。
锦帷掩，愁敛，月西沉。
寂寂难思寻，绣香衾。
用我心，换你心。可知孤梦深？

2020年7月17日上午8时49分

岑其／顾敻《诉衷情》词意图
68cm x 44cm

〔欧阳炯〕

欧阳炯（897—971），益州华阳（今四川省成都市）人。少事前蜀后主王衍。为中书舍人。又事后蜀，累迁门下侍郎，兼户部尚书同平章事。后从孟昶归宋，为左散骑常侍。《花间集》称欧阳舍人。善吹长笛，多作艳词，词风婉约轻和。曾为赵崇祚编《花间集》作序。词存四十八首，在《花间集》《尊前集》《金奁集》中。今有王国维辑《欧阳平章词》一卷。

南乡子·岸远沙平 欧阳炯

岸远沙平，日斜归路晚霞明。[1]
孔雀自怜金翠尾，临水，认得行人惊不起。

注释

1 日斜：太阳射出斜光，比喻日落。

岑其和词

南乡子·忆欧阳炯

汀岸雁平，漫漫悠悠落霞明。
江花含露使人迷，临水，莲池掩映香风起。

2020年7月18日凌晨3时50分

岑其／欧阳炯《南乡子》词意图
68cm x 44cm

〔孙光宪〕

孙光宪（约 895—968），字孟文，自号葆光子，陵州贵平（今四川省仁寿县）人。唐时为陵州判官。天成初（926 前后）避地江陵，后事南平三世。累官检校秘书少监兼御史中丞。归宋后，授黄州刺史。《花间集》称孙少监。性嗜经籍，聚书几数千卷，校勘抄写，老而不辍。著有笔记《北梦锁言》。词存八十四首，风格与“花间”的浮艳、绮靡有所不同。刘毓盘辑入《唐五代宋辽金元名家词集六十钟》中。又有王国维辑《孙中丞词》一卷。

浣溪沙·蓼岸风多橘柚香　孙光宪

蓼岸风多橘柚香，[1] 江边一望楚天长。[2]
片帆烟际闪孤光。[3]
目送征鸿飞杳杳，[4] 思随流水去茫茫。
兰红波碧忆潇湘。[5]

注 释

1 蓼（liǎo）岸：长有蓼花的江岸。
柚：俗称文旦，秋末果熟呈橙黄色。
2 江：特指长江。
3 孤光：指片帆在日光照耀下的闪光。
4 征鸿：远飞的大雁。
杳杳：深远貌。
5 兰：红兰，秋季开花。

岑其和词

浣溪沙·忆孙光宪

策杖拔云松风香，山槛一望碧水长。
残暑桐花闪秋光。
问君消息去杳杳，旧欢如梦两茫茫。
黄昏微雨忆故乡。

2020 年 7 月 22 日上午 10 时 29 分

岑其／孙光宪《浣溪沙》词意图
68cm×44cm

[牛希济]

牛希济（生卒年不详），陇西（今甘肃省）人。牛峤之侄。前蜀时，累官翰林学士，御史中丞。蜀亡，入洛，任后唐雍州节度副使。《花间集》称牛学士。存词十余首。今有王国维辑《牛中丞词》一卷。

生查子·春山烟欲收　牛希济

春山烟欲收，天淡星稀小。[1]
残月脸边明，别泪临清晓。
语已多，情未了。
回首犹重道：记得绿罗裙，处处怜芳草。[2]

注释

1 春山烟：指春夜凌晨的山间雾气。星稀小：一作“稀星小”。

2 末两句用南朝陈代江总的妻子《赋春草》“雨过草芊芊，连云锁南阳。门前君试看，是妾罗裙色”诗意。她是把罗裙与芳草联系起来的第一人。

岑其和词

生查子·忆牛希济

桃李和风收，天香珠露小。
褰衣踏月明，杯空临清晓。
别离多，情难了，梦里乡关道。
一片春愁生，无言对芳草。

2020 年 7 月 17 日凌晨 1 时 30 分

岑其／牛希济《生查子》词意图

68cm × 44cm

【毛文锡】

毛文锡（生卒年不详），字平珪，高阳（今属河北人。一作南阳（今属河南省）人。年十四，登进士第。已而入蜀，从王建，官翰林学士承旨，进文思殿大学士，拜司徒。蜀亡，随王衍降唐。未几，复事孟氏，与欧阳炯等五人以小词为孟昶所赏。《花间集》称毛司徒。著有《前蜀纪事》《茶谱》，词存三十二首。今有王国维辑《毛司徒词》一卷。

临江仙 毛文锡

暮蝉声尽落斜阳，银蟾影挂潇湘。[1]
黄陵庙侧水茫茫。[2]
楚江红树，[3] 烟雨隔高唐。[4]
岸泊渔灯风飐碎，[5] 白蘋远散浓香。[6]
灵娥鼓瑟韵清商。[7] 朱弦凄切，[8] 云散碧天长。

注释

1 银蟾：传说月亮里面有蟾蜍，因此人们用蟾蜍来指代月亮。银蟾指月亮发出银白色的光。
潇湘：潇水和湘水，在湖南。

2 黄陵庙：在湖南湘江入洞庭湖口处，是古人为舜帝的二妃娥皇、女英所建的祠庙。相传舜帝南巡死于苍梧，葬于九嶷，二妃追之不及，溺死于湘水，便“神游洞庭之渊，出入潇湘之浦”，成为潇湘水神。

3 楚江：流经楚地的长江。

4 高唐：楚宋玉《高唐赋》说：楚襄王梦见巫山神女。神女“旦为朝云，暮为行雨”，使巫山十二峰终日烟雾茫茫。

5 飐（zhǎn）：风吹使之飘零、颤动。

6 白蘋：一种开白花的水生蕨类植物。

7 灵娥：指舜之二妃娥皇、女英。
清商：古代民乐简称。

8 朱弦：瑟弦的美称。

9 清商：民间的乐曲名。

岑其和词

临江仙·忆毛文锡

乱山片云横斜阳。微雨好风潇湘。
逍遥洞庭水茫茫。
碧波红树，清幽栖画堂。
万象来去空飐碎，百花落尽余香。
别后一曲起清商，浮欢凄切，思君关山长。[9]

2020年7月22日上午11时25分

岑其／毛文锡《临江仙》词意图
68cm × 44cm

〔李晔〕

李晔（867—904），即唐昭宗。懿宗第七子，初封寿王。公元888年至904年在位。天祐元年（904）迁都洛阳，被朱全忠杀害。存词四首。

菩萨蛮·登楼遥望秦宫殿　李晔

登楼遥望秦宫殿，[1] 茫茫只见双飞燕。[2]
渭水一条流，千山与万丘。
野烟遮远树，陌上行人去。[3]
安得有英雄，迎归大内中。[4]

注释

1 秦宫殿：此代指长安的唐宫殿。
2 茫茫：辽阔旷远的样子。
3 行人：出行的人。
4 大内：皇宫的总称。

岑其和词

菩萨蛮·忆李晔

谁忆雷塘隋宫殿，[5] 美人依约旧飞燕。
花开春江流，花谢入孤丘。
岁暮云遮树，日落行人去。
可怜真英雄，魂散空野中。

2020年7月17日早晨6时30分

5 雷塘隋宫：在扬州雷塘镇境内，当年隋炀帝建行宫于此。

岑其／李晔《菩萨蛮》词意图
68cm×44cm

〔徐昌图〕

徐昌图（约公元 965 年前后在世），莆田人。初仕闽、南唐，后归宋，任国子博士，官至殿中丞。词存三首，风格隽美。

临江仙·饮散离亭西去　徐昌图

饮散离亭西去，[1] 浮生常恨飘蓬。[2]
回头烟柳渐重重。
淡云孤雁远，寒日暮天红。
今夜画船何处？潮平淮月朦胧。
酒醒人静奈愁浓。
残灯孤枕梦，轻浪五更风。

注释

1 饮散：饮完酒后离散。
离亭：送别的驿亭。
2 浮生：指短暂虚浮的人生。
蓬：指蒲公英类草本植物，种子随风飘零。

岑其和词

临江仙·忆徐昌图

悠悠一江东去，处处浮云飘蓬。
野堤古柳影重重。回首心自远，相顾惜残红。
问君归棹何处？月上梧桐朦胧。
故园无语思正浓。酒薄三更梦，芭蕉五更风。

2020 年 7 月 17 日上午 8 时 22 分

岑其／徐昌图《临江仙》词意图
68cm × 44cm

[薛昭蕴]

薛昭蕴（生卒年不详），唐末词人。《花间集》称薛侍郎。或疑即薛昭纬。新、旧《唐书》有《薛昭纬传》，言纬于乾宁中为礼部侍郎。孙光宪《北梦琐言》卷四云："薛澄州昭纬，即保逊之子也。恃才傲物，亦有父风。每入朝省，弄笏而行，旁若无人，好唱《浣溪沙》词。"存词十九首。王国维辑有《薛侍郎词》一卷。

浣溪沙·红蓼渡头秋正雨　薛昭蕴

红蓼渡头秋正雨，[1] 印沙鸥迹自成行。
整鬟飘袖野风香。[2]
不语含嚬深浦里，[3] 几回愁煞棹船郎。[4]
燕归帆尽水茫茫。

注释

1 蓼（liǎo）：一种喜水的草本植物，茎叶有辣味，全草可入药。也叫水蓼。

2 鬟（huán）：妇女头上的环形发髻。
含嚬（pín）：带着忧愁，皱着眉头。

3 嚬，同"颦"。
浦：水边，渡口。

4 愁煞：在这里是"为难了""难坏了"之意。
棹（zhào）船郎：撑船人，指船夫。棹，桨。

岑其和词

浣溪沙·忆薛昭蕴

三月江南春正雨，七分云山鸥成行。诗画乡里水墨香。
清露闲花深望里，冷暖天气思君郎。江亭一别自茫茫。

2020 年 7 月 21 日晚上 11 时 18 分

岑其／薛昭蕴《浣溪沙》词意图
68cm x 44cm

〔钱惟演〕

钱惟演（977—1034），字希圣，钱唐（今浙江省杭州市）人。吴越忠懿王钱俶之子。随其父归宋后为右屯卫将军。咸平三年（1000）召试，改文职，为太仆少卿。累迁翰林学士枢密使。罢为镇国军节度使观察留后，改保大军节度使，知河阳。入朝，加同中书门下平章事，后被弹劾落职，为崇信军节度使，谪居汉东，不久去世。他博学多才，尤善吟诗作词，其作品文采飞扬，风格清丽，著有《典懿集》。

玉楼春·城上风光莺语乱　钱惟演

城上风光莺语乱，　城下烟波春拍岸。
绿杨芳草几时休？　泪眼愁肠先已断。
情怀渐觉成衰晚，　鸾镜朱颜惊暗换。[1]
昔年多病厌芳尊，[2] 今日芳尊惟恐浅。

注 释

1 鸾镜：妆镜，饰有彩鸾图案的镜子。据刘敬叔《异苑》载：“罽宾王有鸾，三年不鸣。夫人曰：‘闻鸾见影则鸣。’乃悬镜照之，冲霄一奋而绝。故后世称为鸾镜。”此用“鸾镜”一词有离愁别恨之意。

2 芳尊：杯中美酒之意。尊同樽，酒杯，此代杯中酒。

岑其和词

玉楼春·忆钱惟演

穿云登高飞霞乱，满目风光水拍岸。
杨花送春几时休？秋江归帆烟波断。
半生白头已觉晚，老眼忍泪惊偷换。
多病多梦厌酒樽，梦对酒樽惟恐浅。

2020年7月22日中午12时30分

岑其／钱惟演《玉楼春》词意图
68cm x 44cm

［范仲淹］

范仲淹（989—1052），字希文，吴县（今江苏省苏州市）人。北宋著名政治家和文学家。宋真宗祥符八年（1015）进士，官至枢密副使、参知政事。政治上力主改革，直言敢谏，是庆历新政的倡导者。他颇具文才，工于诗文，其词刚健清新，气势挥洒，为苏辛之先导。词仅存5首。有《范文正公文集》传世。

渔家傲·秋思　范仲淹

塞下秋来风景异，[1] 衡阳雁去无留意。[2]
四面边声连角起。[3] 千嶂里，[4] 长烟落日孤城闭。[5]
浊酒一杯家万里，燕然未勒归无计。[6]
羌管悠悠霜满地。[7] 人不寐，将军白发征夫泪！[8]

注释

1 塞下：边境要塞之地，此指西北边疆。
2 衡阳：古代传说雁秋天南飞至衡阳即止，衡山的回雁峰因此而得名。
3 角：号角。
4 嶂：直立如屏的山峰。
5 长烟落日：化用唐代诗人王维的名句“大漠孤烟直，长河落日圆”。
6 燕（yān）然：山名。东汉窦宪曾北伐打破匈奴，在燕然山刻石纪功而归。
勒：刻。
7 羌管：羌笛。
8 将军：作者自指。

岑其和诗

读宋范仲淹渔家傲词得此

乃心踌躇归无计，千里乡关霜满地。
残红不解征夫泪，念人断肠一雁飞。

2020年7月22日0时40分

岑其／范仲淹《渔家傲》词意图
68cm×44cm

[柳永]

柳永（987—约1053），字耆卿，初名三变，因排行第七，又称柳七。福建崇安（今福建省武夷山市）人。青年时期常出入歌台舞榭，与“狂朋怪侣”过着“暮宴朝欢”的日子，仁宗景祐元年（1034）才中进士，但仕途坎坷，此后曾任睦州推官、官海晓峰盐场盐官，终屯田员外郎，世称柳屯田。柳永一生落拓潦倒，独以词著称于世。柳词内容多写羁旅行役和离情别绪，音律楷婉，含蓄蕴藉，雅俗共赏。相传“凡有井水饮处，皆能歌柳词”（《避暑录话》）。有《乐章集》，收词二百多首。

雨霖铃·寒蝉凄切 柳 永

寒蝉凄切。[1] 对长亭晚，[2] 骤雨初歇。
都门帐饮无绪，[3] 留恋处、兰舟催发。[4]
执手相看泪眼，竟无语凝噎。[5]
念去去、千里烟波，暮霭沉沉楚天阔。[6]
多情自古伤离别，更那堪冷落清秋节！
今宵酒醒何处？杨柳岸、晓风残月。
此去经年，[7] 应是良辰好景虚设。
便纵有千种风情，[8] 更与何人说？[9]

岑其和词

雨霖铃·忆柳永

寒风凄切，莫名秋晚，往事初歇。
无端消减情绪，尘老处、错教白发。
执书字字泪眼，更泣尽凝噎。
兰舟去、空留烟波，晚雨初晴江天阔。
一片伤心多离别，更那堪，凄凉清秋节。
珍重却对何处？梧桐月、空照秋千。
试问年年，谁说与良辰多虚设。
有情终古觉无情，分付与谁说？

2020年7月22日下午2点30分

注 释

1 寒蝉：似蝉而小，又名寒蜩、寒蜇。入秋始鸣。
2 长亭：古时驿站上十里一长亭，五里一短亭，是行人休息或送别之处。
3 都门帐饮：在京城郊外，设置帐幕宴饮送行。
4 兰舟：泛指质地精良的船只。
5 凝噎：喉咙里哽塞，说不出话来。一作“凝咽”。
6 楚天：古时楚国占有今鄂、湘、江、浙一带，这里泛指南方的天空。
7 经年：年复一年。
8 风情：情意，深情密意。
9 更：一作“待”。

岑其／柳永《雨霖铃》词意图
68cm × 44cm

蝶恋花 柳永

伫倚危楼风细细，[1] 望极春愁，[2] 黯黯生天际。
草色烟光残照里，无言谁会凭阑意？[3]

拟把疏狂图一醉，[4] 对酒当歌，[5] 强乐还无味。
衣带渐宽终不悔，[6] 为伊消得人憔悴。[7]

注释

1 伫：久立。危楼：高楼。
2 望极：极目远望。
3 会：理解。
4 疏狂：狂放，不拘形迹。
5 对酒当歌：语出曹操《短歌行》“对酒当歌，人生几何？”古人常指失意之人及时行乐、借酒浇愁。
6 衣带渐宽：出自《古诗十九首》“相去日已远，衣带日已缓”。指因愁苦思念而日渐消瘦。
7 消得：值得。

岑其和词

蝶恋花·忆柳永

春雨滋味风细细，淡香生愁，柔情在天际。
休怅岁月迟暮里，倦向云山寻诗意。
拟把好酒拼一醉，载花欲歌，利向苦无味。
为君消瘦终不悔，空对夕阳独憔悴。

2020年7月22日下午2时55分

岑其／柳永《蝶恋花》词意图
68cm × 44cm

少年游 柳 永

长安古道马迟迟，[1] 高柳乱蝉嘶。
夕阳岛外，[2] 秋风原上，目断四天垂。[3]

归云一去无踪迹，何处是前期？
狎兴生疏，[4] 酒徒萧索，[5] 不似去年时。[6]

注 释

1 长安古道：长安是中国历史上数代古都，古诗文中，常以“长安”代称京城。古道指通往长安的路，因长安为帝王所在之处，所以通往长安的路又常被用来代称追逐功名利禄的道路。
迟迟：行走缓慢。
2 岛：一作鸟。
3 目断：望断，极目远望，到视力所及之处。
4 狎兴：游冶玩乐的兴致。
5 酒徒：饮酒欢乐的旧友。
萧索：稀少。
6 去年时：一作少年时。

岑其和词

少年游 · 忆柳永

送别归棹意迟迟，林高秋风嘶。
古松冈外，芙蓉岸上，云挂一帆垂。
此去迢递无踪迹，何处问归期。
孤雁声疏，江舟萧索，明月又缺时。

2020 年 7 月 13 日 0 时 35 分

岑其／柳永《少年游》词意图
68cm x 44cm

八声甘州[1] 柳 永

对潇潇暮雨洒江天，[2] 一番洗清秋。
渐霜风凄紧，[3] 关河冷落，残照当楼。[4]
是处红衰翠减，[5] 苒苒物华休。[6]
唯有长江水，无语东流。

不忍登高临远，望故乡渺邈，[7] 归思难收。
叹年来踪迹，何事苦淹留？[8]
想佳人妆楼颙望，[9] 误几回、天际识归舟？
争知我，倚阑干处，正恁凝愁？[10]

注释

1 八声甘州：简称《甘州》，唐边塞曲，后用为词牌。因全词共八韵，故称“八声”，上下阕，九十七字，平韵。

2 潇潇：雨势急骤貌。

3 凄紧：寒气逼人。

4 残照：夕阳余晖。当：照在。

5 是处：到处。

红衰翠减：指花、叶凋零。古人常用花败叶残的凄凉景象烘托渲染愁苦的心境。李商隐《赠荷花》诗中曾有“此荷此叶常相映，翠减红衰愁煞人”句，正是此句所本。

6 苒苒物华休：景物逐渐凋残。

7 渺邈：渺茫遥远。

8 淹留：长期停留。

9 颙（yóng）望：抬头凝望。

10 恁：这样。

凝愁：忧愁凝结不解。

岑其和词

读宋柳永八声甘州词得此

潇潇暮雨洗清秋，凄凄霜风送归舟。
片帆从此寄天涯，一灯新梦凝乡愁。
春云秋水一揽收，细雨杨花付东流。
年来踪迹已无多，登高唯有旧画楼。

2020年7月22日晚上7时50分

岑其／柳永《八声甘州》词意图
68cm × 44cm

【张先】

张先（990—1078），字子野，乌程（今浙江省湖州市）人。仁宗天圣八年（1030）进士。曾作吴江知县、永兴军通判、渝州知州。后官至都官郎中。晚年退居吴兴、杭州一带，与苏轼有往来。张先经历了从晏殊、后杨秀到柳永、苏轼的时代。其词作早年以小令和晏、欧并称；晚年以慢词为主，与柳永齐名。但相较而言，其在慢词上的成就不如小令。他的作品多吟花咏月，抒离情别绪，偏于纤巧冶艳，亦有含蓄隽永者。有《安陆集》（亦题《张子野词》）一卷。

天仙子 张 先

时为嘉禾小倅，[1]以病眠，不赴府会

水调数声持酒听，[2]午醉醒来愁未醒。
送春春去几时回？临晚镜，[3]
伤流景，[4]往事后期空记省。[5]
沙上并禽池上暝，[6]云破月来花弄影。[7]
重重帘幕密遮灯，风不定，
人初静，明月落红应满径。[8]

注 释

1 倅：副职。张先曾于仁宗庆历元年作嘉禾（今浙江嘉兴）判官，时年五十二岁。

2 水调：曲调名，据《隋唐嘉话》载：“炀帝凿汴河，自制‘水调’歌。”

3 临晚镜：晚上对镜自照。

4 流景：流年，谓似水年华。系化用杜牧诗句“自伤临晚镜，谁与惜流年”。

5 后期：日后的约会。省：清楚、明白。

6 并禽：双栖、成对的鸟儿，此指鸳鸯。

7 花弄影：花在月光下摆弄它的身影。这是对花的拟人化的描写。据《古今诗话》载：“有客谓子野曰：‘人皆谓公张三中，即心中事、眼中泪、意中人也。’公曰：‘何不目之为张三影？’客不晓，公曰：‘云破月来花弄影；娇柔懒起，帘压卷花影；柳径无人，堕飞絮无影。此余平生所得意也。’”

岑其和词

读宋张先天仙子词得此

午梦醒来愁未醒，人生能有几回春。
水流花谢年复年，百代荣华一浮尘。

2020 年 7 月 23 日凌晨 1 时 50 分

岑其／张先《天仙子》词意图
68cm × 44cm

〔晏殊〕

晏殊（991—1055），字同叔，抚州临川（今江西省南昌市）人。七岁能属文，真宗景德初年（大约十四岁）以神童召试，与进士千余人并试廷中。“殊神气不慑，援笔立成”，得到皇帝赞赏，赐同进士出身。仕真宗、仁宗两朝，历任右谏议大夫兼侍读学士，同中书门下平章事兼枢密使，礼部、刑部尚书，宰相。好贤，当世知名之士如范仲淹、孔道辅，皆出其门。后降工部尚书，知颍州、陈州、许州，稍复至户部尚书，以观文殿大学士知永兴军，卒谥元献，世称晏元献。晏殊一生著作丰富，有诗文集二百四十卷，编选梁陈以后诗文一百卷，均不传。晏殊词主要表现富贵人家景致气象及闲愁闲绪，承南唐传统，为北宋初期一大家，尤承冯延巳深婉含蓄的风格。王灼在《碧鸡漫志》卷二中赞曰：“晏元献公长短句，风流蕴藉，一时莫及，而温润秀洁，亦无其比。”有《珠玉词》一百三十余首。

浣溪沙　晏殊

一曲新词酒一杯，去年天气旧亭台。夕阳西下几时回？
无可奈何花落去，似曾相识燕归来。小园香径独徘徊。[1]

注释

1　香径：铺满落花的小路。以上三句，作者曾写入一首题作《示张寺丞王校勘》的七言律诗中，只将“香”字改作“幽”字。

岑其和词

浣溪沙·忆晏殊

一夜风雨酒一杯，思君重上旧亭台。秋雁南飞几时回？
百般无聊夜归去，杖头挑得明月来。诗无半句独徘徊。

2020年7月23日凌晨2时

岑其／晏殊《浣溪沙》词意图
68cm x 44cm

蝶恋花 晏殊

槛菊愁烟兰泣露，[1]罗幕轻寒，燕子双飞去。
明月不谙离恨苦，[2]斜光到晓穿朱户。
昨夜西风凋碧树，独上高楼，望尽天涯路。
欲寄彩笺兼尺素，[3]山长水阔知何处！

注释

1 槛（jiàn）：栏杆。
2 谙：了解、知道、熟悉。
3 尺素：书信。古人将书信写在长一尺左右的绢帛上，故称尺素。

岑其和词

蝶恋花·忆晏殊

海棠半开咽泣露，秋枝微寒，人随孤雁去。
残红处处带离苦，更无明月照朱户。
一夜相思催碧树，独上高楼，最怕天涯路。
凭将西风寄尺素，与君别来知何处。

2020年7月23日凌晨3时13分

岑其／晏殊《蝶恋花》词意图
68cm×44cm

踏莎行·祖席离歌 晏殊

祖席离歌，[1] 长亭别宴，香尘已隔犹回面。[2]
居人匹马映林嘶，行人去棹依波转。[3]

画阁魂消，高楼目断，[4] 斜阳只送平波远。
无穷无尽是离愁，天涯地角寻思遍。[5]

注释

1 祖席：古代出行时祭祀路神叫祭“祖”。后称设宴饯别之所为“祖席”。
2 香尘：地下落花甚多，尘土也有了香气，故称“香尘”。
3 棹：同櫂，划船的桨，这里代指船。此二句是说，“居人”与“行人”之间的思念之深，致使罗嘶不行、船旋不前。
4 目断：极目远眺，直到尽头。
5 寻思：思索，想。

岑其和词

踏莎行·忆晏殊

相逢高歌，沉饮离宴，别后更忆旧时面。
家山遥听风林嘶，故人常入梦里转。
归魂难消，乡思不断，明月空照两地远。
长江浩渺连波愁，关山叠嶂自踏遍。

2020年7月16日中午12时50分

岑其／晏殊《踏莎行》词意图
68cm × 44cm

玉楼春·春恨 晏 殊

绿杨芳草长亭路，[1] 年少抛人容易去。[2]
楼头残梦五更钟， 花底离愁三月雨。[3]

无情不似多情苦，一寸还成千万缕。
天涯地角有穷时，只有相思无尽处。[4]

注 释

1 长亭：古时建于路边的亭子，供远行之人休息避风雨烈日之所，亦为送别之处。此处指送别处。
2 抛：离去，舍弃。
3 五更钟、三月雨：皆怀念人之时。
4 “天涯”两句：应时对白居易《长恨歌》诗句“天长地久有时尽，此恨绵绵无绝期”诗意的化用。

岑其和词

玉楼春·忆晏殊

几回魂销花雨路，当年芳草无踪去。
悄然伤神三更钟，坐对消瘦黄昏雨。
多情更恨无情苦，一分相思十万缕。
旧欢新愁惆怅时，明月闲照空忆处。

2020 年 7 月 12 日凌晨 2 时 25 分

岑其／晏殊《玉楼春》词意图
68cm×44cm

［宋祁］

宋祁（998—1061），字子京，安州安陆（今湖北省安陆市）人，徙居开封雍丘（今河南省杞县）。仁宗天圣二年（1024），与兄宋庠同举进士（时号称大小宋），奏名第一，章献太后以为弟不可先兄，乃擢升宋庠为第一名。累迁知制诰、国子监直讲、太常博士、工部尚书、翰林学士承旨（首席学士），是《新唐书》编撰人之一。卒谥景文。近人赵万里辑有《宋景文公长短句》一卷。

木兰花 宋 祁

东城渐觉风光好，縠皱波纹迎客棹。[1]
绿杨烟外晓寒轻，红杏枝头春意闹。
浮生长恨欢娱少，肯爱千金轻一笑。[2]
为君持酒劝斜阳，且向花间留晚照。

注 释

1 縠皱波纹：形容波纹细如皱纱。縠皱，有皱褶的纱。
棹：船桨，此代指船。这是古诗文常见的用法。

2 肯爱：岂肯吝惜，即不吝惜。
一笑：特指美人之笑。崔骃《七依》诗有“回顾百万，一笑千金”句，此化用其意。

岑其和词

木兰花・忆宋祁

碧桃花漫人间好，人间归去多客棹。
洞中光景岁月轻，洞外枝头春意闹。
深知浮尘欢娱少，且向尘世付一笑。
劝君同醉共斜阳，莫对白头留晚照。

2020 年 7 月 16 日中午 11 时 08 分

岑其／宋祁《木兰花》词意图
68cm×44cm

【欧阳修】

欧阳修（1007—1072），字永叔，号醉翁，晚年自号“六一居士”。庐陵（今江西省吉安市）人。幼年丧父，家贫，发愤苦学。仁宗天圣八年（1030）二十四岁中进士甲科，曾任谏官，刚正直言。累迁擢知制诰翰林学士，历枢密副使、参知政事。神宗朝迁兵部尚书，以太子少师致仕。晚年反对青苗法和王安石不合，辞官归隐。卒赠太子太师，谥文忠。欧阳修是北宋古文运动的倡导者和领袖。在诗歌创作上反对浮艳的诗风。诗、词、文均有较高地位和较大成就。曾撰写《新五代史》，与宋祁合修《新唐书》。词作有《六一词》《欧阳文忠公近体乐府》三卷及《醉翁情趣外编》六卷。

采桑子 欧阳修

群芳过后西湖好，[1] 狼藉残红，[2]
飞絮濛濛，垂柳阑干尽日风。
笙歌散尽游人去，始觉春空，
垂下帘栊，双燕归来细雨中。

注 释

1 西湖：此指颍州（今安徽省阜阳市西北）西湖。
2 残红：落花。

岑其和词

采桑子・忆欧阳修

一派江南秋色好，三千残红，
烟渚濛濛，芙蓉乱点半江风。
歌罢花落人归去，归棹语空，
试卷帘栊，又添新愁月明中。

2020 年 7 月 11 日凌晨 1 时

岑其／欧阳修《采桑子》词意图
68cm × 44cm

踏莎行 欧阳修

候馆梅残，[1] 溪桥柳细，草薰风暖摇征辔。[2]
离愁渐远渐无穷，迢迢不断如春水。[3]

寸寸柔肠，[4] 盈盈粉泪，楼高莫近危栏倚。[5]
平芜尽处是春山，[6] 行人更在春山外。

岑其和词

踏莎行·忆欧阳修

久病荼残，草长柳细，空对落花思征辔。
千峰万壑思无穷，自古人生如逝水。
苍颜寸肠，华发珠泪，登高最恨黄昏倚。
斜照江天似家山，乡思更落江天外。

2020 年 7 月 12 日凌晨 4 时

注 释

1 候馆：旅舍。迎候宾客之所，故称。据《周礼·地官·遗人》载：“五十里有市，市有候馆。”郑玄注：“候馆，楼可以观望者也。”
薰：香草，此引申为香气。

2 征：远行。
辔：驾驭马的嚼子和缰绳。此句是说：在风暖草香中骑马远行。江淹《别赋》有“闺中风暖，陌上草薰”的句子，此处化用其意。

3 迢迢：形容遥远，所谓千里迢迢。此有绵长之意。

4 寸寸柔肠：意即伤心至极，如肝肠寸断。

5 危栏：高处的栏杆。危，指高。

6 平芜：平坦草地。

岑其／欧阳修《踏莎行》词意图
68cm × 44cm

蝶恋花[1] 欧阳修

庭院深深深几许？杨柳堆烟，帘幕无重数。[2]
玉勒雕鞍游冶处，[3] 楼高不见章台路。[4]

雨横风狂三月暮，门掩黄昏，无计留春住。
泪眼问花花不语，乱红飞过秋千去。[5]

注释

1 蝶恋花：关于这首词的作者曾有不同意见。但宋人李清照、黄昇等人一致认为是欧阳修作品，应可相信。

2 帘幕无重数：帘幕重重数不清楚。

3 玉勒雕鞍游冶处：游冶的地方放满了富豪贵族的车马。
玉勒雕鞍：镶玉的马笼头，雕花的马鞍，指华贵的马车。
游冶处：歌楼妓院。首句“庭院”当指此等处所。

4 楼高不见章台路：在高楼上也看不见通往章台的大路。章台路，汉代长安有章台街在章台下，为歌伎聚居之所。后常以章台代指妓女集中的游冶之所。

5 乱红：零乱落花。

岑其和词

蝶恋花·忆欧阳修

昨夜西风深几许？柳雨如烟，秋江无重数。
归帆晃是旧游处，乱云不见去年路。

天涯沦落伤迟暮，分携黄昏，回首春空住。
相逢一笑人不语，停杯且看雁归去。

2020年7月23日凌晨4时

岑其／欧阳修《蝶恋花》词意图
68cm x 44cm

[王安石]

王安石（1021—1086），字介甫，号半山，临川（今江西省抚州市）人。宋仁宗庆历二年（1042）进士。嘉祐三年（1058）上万言书，提出变法的主张。宋神宗熙宁二年（1069）任参知政事，次年为宰相，推行新法，改革旧政。熙宁九年（1076）被迫辞职，后退居江宁（今江苏省南京市）。封荆国公，世称王荆公。卒谥曰文，崇宁间追封舒王。他的许多诗歌作品突出地反映了许多重大的社会问题，表达其政治见解，长于说理，精于修辞，风格遒劲峭拔。在散文方面，他是著名的“唐宋八大家”之一。词作不多，但意境较为开阔，思想感情较为深沉，格调高昂，打破了五代以来绮靡传统，颇有独到之处。有《临川先生歌曲》一卷，补遗一卷。

桂枝香 王安石

登临送目，[1] 正故国晚秋，[2] 天气初肃。[3]
千里澄江似练，[4] 翠峰如簇。[5]
归帆去棹残阳里，[6] 背西风，酒旗斜矗。[7]
彩舟云淡，星河鹭起，[8] 画图难足。[9]

念往昔，繁华竞逐，叹门外楼头，[10] 悲恨相续。
千古凭高对此，[11] 谩嗟荣辱。[12]
六朝旧事随流水，但寒烟、衰草凝绿。
至今商女，[13] 时时犹唱，后庭遗曲。[14]

注释

1 送目：远望。

2 故国：指金陵（今江苏南京市）。金陵曾为东吴、东晋、宋、齐、梁、陈六朝都城，故称。

3 肃：肃爽，形容深秋天高气爽。

4 澄江似练：长江水色澄澈，远远望去，像一匹伸展开的白绢。谢朓《晚登三山还望景邑》有“余霞散成绮，澄江静如练”的诗句。

5 簇：群峰丛聚。

归帆去棹：指来来往往的船只。

6 此帆、棹皆代指船。

7 酒旗：酒肆门前所挂的标识，亦称酒帘。宋代酒店往往挂大帘于外，以青白布数幅为之。

8 星河：银河。此指浩渺的长江。鹭：一种水鸟。南京市西南长江口有白鹭洲，洲上白鹭群生。这句是说，远远望去，白鹭洲上的白鹭纷纷起舞，仿佛在银河上飞翔。

9 难足：难以完美表达出来。

岑其和词

桂枝香·忆王安石

苍岩极目，看峰外盛秋，雨过初肃。
山外青江似练，云帆如簇。
可怜千寻夕阳里，吞西风，孤影斜矗。
往事且淡，新愁又起，满腔难足。

忆往昔，壮志空逐，望秋水楼头，啼雁更续。
一秋桂子对此，无计荣辱。
万千功业随流水，俱如烟、秋红春绿。
英雄儿女，畅怀犹唱，大江遗曲。

2020年7月23日下午4时20分

10 门外楼头：指陈为隋灭。语出杜牧《台城曲》诗：“门外韩擒虎，楼头张丽华。”意谓陈后主陈叔宝方苟安江左，日夜寻欢作乐，不料隋朝大将韩擒虎已率大军兵临城下，由朱雀门（南门）攻入城内。门，指朱雀门。楼，指结绮阁，陈叔宝宠妃张丽华的居所。相传陈叔宝和张丽华正在阁上赋诗作乐，韩擒虎佣兵破门而入。以上两句，慨叹六朝统治者因奢侈淫逸、腐化堕落而相继亡国。

11 千古凭高：站在高处，面对着如此壮丽的河山，缅怀着遥远的古代。

12 谩嗟荣辱：空叹兴衰荣辱。

13 商女：指卖唱的歌女。

14 后庭遗曲：指陈叔宝所作《玉树后庭花》。祯明（587−589）初，陈叔宝作新歌，歌词哀怨靡丽，其中有“玉树后庭花，花开不复久”的句子，时人认为这是陈亡的预兆。（见《隋书·五行志》）杜牧《泊秦淮》诗云：“商女不知亡国恨，隔江犹唱后庭花。”以上三句表现了作者对北宋王朝统治者腐败荒淫和社会风气奢靡堕落的忧虑。

岑其／王安石《桂枝香》词意图
68cm × 44cm

【王安国】

王安国（1028—1074），字平甫，临川（今江西省抚州市）人。王安石的弟弟。宋神宗熙宁元年（1068）赐进士出身。曾任西京国子教授、崇文院校书、秘阁校理、大理寺丞、集贤校理等职。反对新法，较为保守。王安石罢相，吕惠卿执政，受他人牵连于熙宁八年（1075）被罢官，退居故里。有《王校理集》，不传，仅存词3首，见《花庵词选》。

清平乐 王安国

留春不住，费尽莺儿语。
满地残红宫锦污，[1]昨夜南园风雨。
小怜初上琵琶，[2]晓来思绕天涯。
不肯画堂朱户，[3]春风自在杨花。

注 释

1 宫锦：宫中锦绣，此喻落花。
2 小怜：原为北朝冯淑妃之名，此泛指歌女。李贺诗《冯小怜》有"湾头见小怜，请上琵琶弦"的句子。
3 画堂朱户：有画之厅堂，朱红之门户，形容达官显贵的宅院。

岑其和词

清平乐·忆王安国

问春何住，付与柳莺语。
一池新红出泥污，笑看昨夜风雨。
动人江楼琵琶，旧弦音绕天涯。
闲来低吟绮户，多情无非落花。

2020年7月16日早晨5时55分

岑其／王安国《清平乐》词意图
68cm × 44cm

[晏几道]

晏几道（1038—约1110），字叔原，号小山，临川（今江西省抚州市）人，晏殊第七子。监颍昌许田镇。性情孤傲耿介，所以虽出仕宦之门，却未有仕途作为。晚年家道中落，穷愁潦倒，几衣食无着。擅作小令，工于言情。多写人生聚散无常之慨与诀别思念之苦，凄婉感伤，缠绵悱恻，有《小山词》，存词二百六十首。据黄庭坚为《小山词》作序介绍，晏几道四痴：一不依傍权贵；二是作文"不肯一作新进士语"；三是"费资千百万，家人寒饥"，不会理财；四是"人百负之而不恨，已信人，终不疑其欺已"。对其词作，词评家多有赞辞。陈廷焯《白雨斋词话》云："《诗》三百篇大旨归于无邪、北宋晏小山工于言情，出文献、文忠之右，然不免思涉于邪，有失风人之旨，而措辞婉妙，则一时独步。"冯煦《六十一家词选例言》云："淮海、小山，古之伤心人也。其淡语皆有味，浅语皆有致，求之两宋词人，实罕其匹。子晋欲以晏氏父子追配李氏父子，诚为知言。"

临江仙 晏几道

梦后楼台高锁，酒醒帘幕低垂。[1]
去年春恨却来时。[2]落花人独立，微雨燕双飞。[3]

记得小蘋初见，[4]两重心字罗衣。[5]
琵琶弦上说相思。当时明月在，曾照彩云归。[6]

注释

1 低垂：低低放下。
2 春恨：此指春日伤别的愁思。却来：再次涌上心头。
3 "落花"句：化用翁宏《春残》诗"落花人独立，微水燕双飞"的一句。
4 小蘋：当时一歌女的名字，深得作者欢心。作者在《小山词》的自跋中曾提到，沈廉叔、陈君宠二友人家中有莲、鸿、蘋、云等歌女，三人常作词供她们在席间歌唱。其友或病或殁后，小蘋等人不知去向。
5 两重心字罗衣：指罗衣上有以重叠的心字纹组成的图案。
6 彩云：比喻美人。

岑其和词

临江仙·忆晏几道

归棹云烟横锁，帘阁初灯低垂。
且忆去年春来时。花笑人并立，柳风燕双飞。
悄悄向晚初见，行行飘飒素衣。
眷眷遗情足相思。异乡明月在，怅照此心归。

2020年7月10日晚上11时30分

岑其／晏几道《临江仙》词意图
126cm × 50cm

虞美人 晏几道

曲阑干外天如水。昨夜还曾倚。
初将明月比佳期。[1] 长向月圆时候、望人归。[2]

罗衣著破前香在。[3] 旧意谁教改？
一春离恨懒调弦。犹有两行闲泪、宝筝前。

注释

1 初将：本将。明月比佳期：中国民间有月圆人归，合家团圆的说法。佳期，指团圆的日子。
2 长向：总在。
3 著破：穿破。喻天长地久。

岑其和词

虞美人・忆晏几道

坐觉一念心如水，日暮云相倚。
人生有期更无期，那堪多情时候、忘情归。
恨如雁断声犹在，消得几回改。
万丈红尘入素弦，且将柔情闲掷、秋江前。

2020 年 7 月 16 日上午 10 时 49 分

岑其／晏几道《虞美人》词意图
180cm×96cm

【苏轼】

苏轼（1037—1101），字子瞻，号东坡居士，眉山（今四川省眉山市）人。嘉祐二年（1057）进士，哲宗时任翰林学士，官至礼部尚书。因反对王安石变法多次被贬。性格豪放，才思敏捷，是北宋重要的文学家和书画家。其文汪洋恣肆，其诗清新豪健，其词开豪放一派，其书迹丰腴跌宕。著作有《东坡全集》《东坡志林》《东坡词》等凡数百卷。

水调歌头 苏轼

丙辰中秋，[1] 欢饮达旦，大醉，作此篇，兼怀子由 [2]

明月几时有？把酒问青天。[3]
不知天上宫阙，[4] 今夕是何年。
我欲乘风归去，又恐琼楼玉宇，[5] 高处不胜寒。[6]
起舞弄清影，[7] 何似在人间。
转朱阁，[8] 低绮户，[9] 照无眠。
不应有恨，何事长向别时圆？
人有悲欢离合，月有阴晴圆缺，此事古难全。
但愿人长久，千里共婵娟。[10]

岑其和词

读苏轼水调歌头词得此

明月有意照无眠，临风把酒望江南。
人间悲欢寻常事，百年生死古难全。

2020年7月23日凌晨4时50分

注释

1 丙辰：宋神宗熙宁九年（1076）。
2 子由：苏轼之弟苏辙，字子由。
3 李白《把酒问月》："青天有月来几时，我今停杯一问之。"
4 天上宫阙：指月中宫。阙，古代宫前左右竖立的楼观。
5 琼楼玉宇：美玉建筑的楼宇，指月中宫殿。《大业拾遗记》："瞿乾祐于江岸玩月。或问此中何有，瞿笑曰：'可随我观之。'俄见月规半天，琼楼玉宇烂然。"
6 不胜：不堪承受。
7 弄：赏玩。
8 朱阁：朱红的华丽楼阁。
9 绮户：雕饰华美的门窗。
10 婵娟：月里嫦娥，指明月。谢庄《月赋》："美人迈兮音尘绝，隔千里兮共明月。"唐许浑《怀江南同志》："唯应洞庭月，万里共婵娟。"

岑其／苏轼《水调歌头》词意图
68cm x 44cm

念奴娇·赤壁怀古 苏 轼

大江东去，[1]浪淘尽，千古风流人物。[2]
故垒西边，[3]人道是，三国周郎赤壁。[4]
乱石穿空，惊涛裂岸，卷起千堆雪。
江山如画，一时多少豪杰。
遥想公瑾当年，小乔初嫁了，[5]雄姿英发。[6]
羽扇纶巾，[7]谈笑间，樯橹灰飞烟灭。[8]
故国神游，[9]多情应笑我、早生华发。[10]
人间如梦，一尊还酹江月。[11]

注 释

1 江：指长江。
2 淘：冲洗，冲刷。风流人物：指出色的英雄人物。
3 故垒：古代的营垒。
4 人道是：意谓据人们讲。
周郎：周瑜，字公瑾，赤壁之战时的吴军主将。
5 小乔：乔公的幼女，嫁给了周瑜。
6 英发：指见识卓越，谈吐不凡。
7 羽扇纶巾：鸟羽做的扇和丝带做的头巾，三国六朝时期儒将常有的打扮。
8 樯橹：指曹操率领的水军战船。樯，杆。橹，桨。
9 故国：旧地。此指赤壁古战场。
10 华发：花白的头发。
11 酹：以酒浇地表示祭奠。

岑其和词

读宋苏轼念奴娇词得此

谈笑当年赴神游，大江千古月当头。
豪杰纷纷终归去，壮心奈何付东流。

2020 年 7 月 23 日下午 6 时

岑其／苏轼《念奴娇》词意图
68cm × 44cm

定风波 苏 轼

三月七日，沙湖道中遇雨。[1]
雨具先去，同行皆狈，余独不觉。
已而遂晴，故作此词。

莫听穿林打叶声，何妨吟啸且徐行。
竹杖芒鞋轻胜马，[2] 谁怕？一蓑烟雨任平生。[3]

料峭春风吹酒醒，微冷，山头斜照却相迎。
回首向来萧瑟处，归去，也无风雨也无晴。

注 释

1 三月七日：宋神宗元丰五年（1082）的三月七日。时苏轼谪居黄州，即今湖北黄冈。
沙湖：在黄冈东三十里。

2 芒鞋：芒草编结的草鞋。

3 一蓑烟雨：喻指人世的风雨烟波。蓑，蓑衣，蓑草编织的防雨具。此处为虚指。

岑其和词

定风波・忆苏轼

半生回望别离声，沦落伤情且徐行。
故山归心胜快马，莫怕！一路诗画慰平生。
尊前落花催梦醒，渐冷，雨后新虹却相迎。
把酒独上登临处，过去，几度风雨几度晴。

2020 年 7 月 24 日上午 9 时 07 分

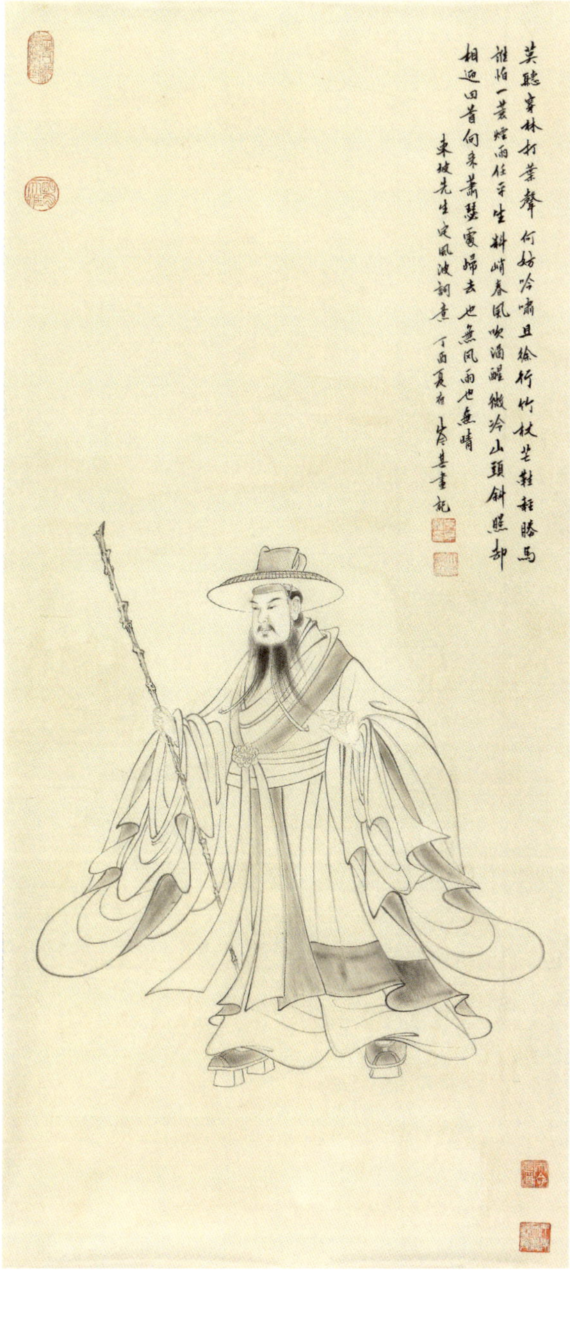

岑其／苏轼《定风波》词意图
133cm × 58cm

江城子·密州出猎[1] 苏轼

老夫聊发少年狂，[2] 左牵黄，[3] 右擎苍，[4]
锦帽貂裘，千骑卷平冈。
为报倾城随太守。[5] 亲射虎，看孙郎。[6]

酒酣胸胆尚开张，[7] 鬓微霜，[8] 又何妨！
持节云中，何日遣冯唐？[9]
会挽雕弓如满月，西北望，射天狼。[10]

注释

1 密州：今河南省新密市，苏轼写此词时在这里任太守。

2 老夫：苏轼自指。作者时年仅四十。聊：暂且。狂：指豪情。

3 牵黄：牵着黄犬。黄，借指黄狗。

4 擎苍：肩臂上架着苍鹰。苍，借指苍鹰。

5 为：为我、替我。
倾城：全城的人。
太守：苏轼自指。

6 孙郎：即孙权。典出《三国志》，孙权未当吴政时即为少年英雄，曾亲自骑马用双戟射死猛虎。

7 酒酣：酒喝得很畅快。尚：更加。

8 鬓微霜：鬓角长出了少许白发。

9 冯唐持节：典出《前汉书》，汉文帝时云中太守魏尚抗击匈奴有功，但因报功不实，获罪削职。后来文帝听了大臣冯唐的话，又派冯唐持节去赦免魏尚，命他仍当云中太守。节，符节，是古代派遣使者或调兵时用做凭证的东西。用竹、木、玉、铜等制成，刻上文字，分成两半，一半存朝廷，一半给外行官员或出征将帅。

10 天狼：星座名，又名犬星，古人认为它的出现主侵略之兆。这里用来代指经常在北宋边境侵扰掠夺的辽国和西夏。

岑其和词

读苏轼江城子词得此

当年意气气若狂，千里走骑卷平冈。
对酒高歌鬓入霜，老夫挽弓射天狼。

2020 年 7 月 24 日上午 9 时 22 分

岑其／苏轼《江城子》词意图
133cm×58cm

江城子 苏轼

乙卯正月二十日夜记梦[1]

十年生死两茫茫，[2]不思量，自难忘。千里孤坟，[3]
无处话凄凉。纵使相逢应不识，尘满面，鬓如霜。
夜来幽梦忽还乡，小轩窗，正梳妆。相顾无言，
惟有泪千行。料得年年肠断处，明月夜，短松冈。[4]

岑其和词

江城子・忆苏轼[5]

百年生死俱微茫，苦思量，乍难忘。终入丘坟，
无梦何凄凉？身落尘缘须应识，人薄面，冷如霜。
自古伤情多还乡。儿时窗，少年妆。对镜无言，
使君泪千行。要知来生重逢处，今生夜，松月冈。

2020年7月3日早晨7时15分

注释

1 乙卯：宋神宗熙宁八年(1075)。苏轼四十岁，时在密州（今山东诸城）太守任上。

2 十年：苏轼妻王弗卒于宋英宗治平二年(1065)五月，至此整整十年。

3 千里孤坟：王氏坟在眉州，与苏轼处身的密州相距数千里。

4 “料得”句：写孤坟。唐孟棨《本事诗》载孔氏赠夫张某诗：“欲知肠断处，明月照孤坟。”

5 读苏轼悼念忘妻王弗之句，我自十六岁始至今阅读不下千遍，其情之深、其伤之痛令我潸然泪下，这种伤痛烙印于心，无须多想却难以忘怀。非时间、空间、生死可以阻断我与千年之前的东坡先生满面尘霜的对话。这种跨越千年、跨越时空的辛酸着实让人无法释怀。

岑其／苏轼《江城子》词意图
58cm × 133cm

蝶恋花 苏轼

花褪残红青杏小，[1]燕子飞时，绿水人家绕。
枝上柳绵吹又少。[2]天涯何处无芳草。
墙里秋千墙外道，墙外行人，墙里佳人笑。
笑渐不闻声渐消。多情却被无情恼。[3]

注释

1 褪：指花色衰败。
残红：指红花已所剩无几。
2 柳绵：柳絮。
3 多情：此指行人。
无情：此指佳人。

岑其和词

蝶恋花·忆苏轼

春半尚寒青杏小。闲花落时，蜂蝶多情绕。
缠绵柳絮吹不少，天涯何必多芳草！
一暮烟水云外道。千里行人，但闻几人笑。
笑我孤梦魂渐消，无情堪惊多情恼。

2020年7月24日上午9时38分

岑其／苏轼《蝶恋花》词意图
68cm×44cm

［李之仪］

李之仪（1048—1117），字端叔，自号姑溪居士，沧州无棣（今山东省无棣县）人。神宗元丰进士。曾从苏轼于定州幕府。历枢密院编修官、通判原州。元符中，监内香药库。徽宗初，提举河东常平。崇宁二年（1103），以文章获罪，出狱后编管太平州（今安徽省当涂县）。晚年即居住于城南姑溪。能文章，尤工尺牍。《四库全书提要》云："之仪以尺牍擅名，而其词尤工，小令尤清婉峭蒨，殆不减秦观。"有《姑溪居士全集》。

卜算子 李之仪

我住长江头，[1]君住长江尾。
日日思君不见君，共饮长江水。
此水几时休。[2]此恨何时已。
只愿君心似我心，定不负相思意。

注释

1 长江头：指长江上游，下句"长江尾"指长江下游。

2 休：尽，干。

岑其和词

读宋李之仪卜算子词句得此

日日思君梦几许，思君不见问归期。
无限意、几时休？惟愿两心永相惜。

2020年7月20日凌晨3时35分

岑其／李之仪《卜算子》词意图
180cm × 96cm

［舒亶］

舒亶（1041—1103），字信道，号懒堂，明州慈溪（今属浙江省）人。治平二年（1065）进士，授临海尉。有赵万里辑《舒学士词》一卷。

虞美人·寄公度　舒　亶

芙蓉落尽天涵水，[1] 日暮沧波起。
背飞双燕贴云寒，[2] 独向小楼东畔、倚阑看。
浮生只合尊前老，[3] 雪满长安道。[4]
故人早晚上高台，[5] 赠我江南春色、一枝梅。[6]

注释

1　芙蓉：荷花。天涵水：水天混涵。唐孟浩然《望洞庭湖赠张丞相》："八月湖水平，涵虚混太清。"

2　背飞：相背而飞。

3　浮生：指人生。语出《庄子·刻意》："其生若浮，其死若休。"只合：只宜。

4　长安：代指京城。

5　故人：指作者的友人公度。上高台：此为隐语，意为希望友人迟早能帮助自己。

6　"赠我"句：用南朝宋陆凯自江南为远在长安的好友范晔折梅题诗的典故。《荆州记》："陆凯与范晔相善，自江南寄梅花一枝诣长安与晔，并赠诗曰：'折花逢驿使，寄与陇头人。江南无所有，聊寄一枝春。'"

岑其和词

虞美人·忆舒亶

好山尽带好云水，悬帆烟波起。
凤箫声断明月寒，相逢随缘聚散倚栏看。
多情应识人世老，飘然风雨道。
一枕伤春独登台，梦回家山闻遍千朵梅。

2020年7月3日下午1时12分

岑其／舒亶《虞美人》词意图
68cm×44cm

【晁端礼】

晁端礼（1046—1113），一作元礼，字次膺。任城（今山东省济宁市）人。熙宁六年(1073)进士。徽宗时以承事郎为大晟府协律。有词集《闲斋琴趣外编》。

绿头鸭·咏月　晁端礼

晚云收，淡天一片琉璃。[1]烂银盘、[2]来从海底，皓色千里澄辉。
莹无尘、素娥淡伫，[3]静可数、丹桂参差。[4]
玉露初零，金风未凛，[5]一年无似此佳时。
露坐久、疏萤时度，乌鹊正南飞。[6]瑶台冷，阑干凭暖，[7]欲下迟迟。

念佳人、音尘别后，对此应解相思。最关情、漏声正永，暗断肠、花影偷移。
料得来宵，清光未减，阴晴天气又争知。
共凝恋、如今别后，还是隔年期。人强健，清樽素影，长愿相随。

岑其和词

读宋晁端礼绿头鸭词得此

皓月千里照澄辉，寂寞关情又一年。
对此空空念旧欢，往事去去不可追。
秋风萧索露坐久，无以销愁凭阑干。
料得来宵天一方，不忍孤雁又南飞。

2020年7月24日上午9时51分

注释

1 琉璃：形容天色空明。
2 烂银盘：形容月亮像银盘一样光华灿烂。唐卢仝《月蚀诗》："烂银盘从海底出，出来照我草屋东。"
3 素娥：月宫嫦娥。月辉素淡，故称素娥。淡伫：淡雅宁静。
4 丹桂：传说月中有桂。
5 金风：秋风。古代以阴阳五行与季节相配，秋属金，故称为金风。
6 乌鹊：三国曹操诗："月明星稀，乌鹊南飞，绕树三匝，无枝可依。"
7 阑干凭暖：指因靠得久了，连栏杆也焐热了。

岑其／晁端礼《绿头鸭》词意图
68cm×44cm

【李元膺】

李元膺，生卒年不详，东平（今山东省东平县）人。曾任南京市（今河南省商丘市）教官。绍圣间李孝美作《墨谱法式》，元膺为序，盖与蔡京同时人。词存《乐府雅词》中。

洞仙歌·雪云散尽　李元膺

一年春物，惟梅柳间意味最深，至莺花烂漫时，则春已衰迟，使人无复新意。予作《洞仙歌》，使探春者歌之，无后时之悔。

雪云散尽，放晓晴池院。[1] 杨柳于人便青眼。[2]
更风流多处，一点梅心，[3] 相映远。约略颦轻笑浅。[4]

一年春好处，[5] 不在浓芳，小艳疏香最娇软。[6]
到清明时候，百紫千红，花正乱，[7] 已失春风一半。
早占取韶光共追游，但莫管春寒，[8] 醉红自暖。

注释

1 放：露出。
2 青眼：初生柳枝细长如眼，亦指喜悦时正目而视，此句以拟人手法写春柳的多情。
3 梅心：梅花将落，掩映在绿叶中，宛如红心。
4 约略：略稍，稍微。
5 “一年”句：化用韩愈诗《早春呈水部张十八员外》“最是一年春好处，绝胜烟柳满皇都”句意。
6 小艳疏香：淡淡的花色花香，指早春时光景。
7 乱：热闹，红火。
8 但莫管：只是不要顾及。

岑其和词

洞仙歌·忆李元膺

春雨过尽，碧莲满池院。行将花朵比青眼。
点点落红处，始觉初心，人已远。飞絮轻笑缘浅。
经年相思处，野庭流芳，此境况味最娇软。
怕中秋时候，月明星稀乌啼乱，惊起魂失一半。
渐识取迟暮，怯追游，嗟长夜梦寒，空抱自暖。

2020年7月24日上午10时05分

岑其／李元膺《洞仙歌》词意图
68cm×44cm

〔朱服〕

朱服（1048—？），字行中，乌程（今浙江省吴兴区）人。神索熙宁六年（1073）进士。曾官至中书舍人、礼部侍郎。《全宋词》存其词一首。

渔家傲 朱服

小雨纤纤风细细，[1] 万家杨柳青烟里。恋树湿花飞不起。[2]
愁无比，和春付与东流水。[3]

九十光阴能有几？金龟解尽留无计。[4] 寄语东阳沽酒市。[5]
拼一醉，而今乐事他年泪。

注释

1 纤纤：细小，细微，形容细雨纷纷的样子。
2 恋树湿花：即湿花依恋着树。形容花被雨打湿后贴在树上的样子。
3 和春：连带着春天。
4 金龟：唐代三品以上官员佩带金龟。李白《对酒忆贺监》诗序记，贺知章曾解下金龟，“换酒为乐”，以酬李白。东阳：今浙江金华市。
5 沽酒：卖酒。

岑其和词

渔家傲·忆朱服

春态十分花雨细，一堤柳絮青烟里。温柔燕莺飞不起。
思无际，和我新诗付流水。

重逢大笑能有几？百年留连亦无计。人生痛快是酒市。
拼一醉，畅怀共消尘世泪。

2020年7月7日晚上11时28分

岑其／朱服《渔家傲》词意图
68cm x 44cm

［秦观］

秦观（1049—1100），字少游，又字太虚，号邗沟居士，世称淮海居士，高邮（今属江苏省）人。神宗元丰八年（1085）进士，一生屡遭贬谪，病卒于放还途中。文辞为苏轼所赏，是“苏门四学士”之一。工诗词，尤以词负盛名。其词风格婉约，多写男女情爱。有《淮海集》。

八六子 秦观

倚危亭，[1] 恨如芳草。[2] 萋萋刬尽还生。[3]
念柳外青骢别后，[4] 水边红袂分时。[5] 怆然暗惊。

无端天与娉婷，夜月一帘幽梦，春风十里柔情。[6]
怎奈向、欢娱渐随流水，素弦声断，翠绡香减。[7]
那堪片片飞花弄晚，濛濛残雨笼晴。正销凝，[8]
黄鹂又啼数声。

岑其和词

八六子·忆秦观

风过亭，十里水草。萋萋尽带愁生。
恰当年从此别后，堪消旧欢分时。夜回暗惊。

桃柳深浅娉婷，一番风雨和梦，半帘月色柔情。
无奈向、多少往事如水，归雁望断，华年半减。
别愁纷纷落叶弄晚，霭霭迟暮雨晴。
自销凝，空闻鹧鸪声声。

2020年7月10日下午6时06分

注释

1 危亭：高亭。
2 恨如芳草：南唐李煜词：“离恨恰如芳草，渐行渐远还生”。
3 白居易《赋得古原草送别》：“野火烧不尽，春风吹又生”“又送王孙去，萋萋满别情”。
4 青骢：毛色青白相间的马。此代指远行之人。
5 红袂：红袖。指女子。
6 “无端”三句：暗用杜牧《赠别》诗：“娉娉袅袅十三余，豆蔻梢头二月初。春风十里扬州路，卷上珠帘总不如。”
7 怎奈向：宋人方言，“向”即向来意。“向”为语尾词，后人误为“怎奈何”。
翠绡：碧丝纱巾，此指定情手帕。
8 销凝：茫然出神。

岑其／秦观《八六子》词意图
68cm x 44cm

鹊桥仙·纤云弄巧 秦观

纤云弄巧，[1] 飞星传恨，[2] 银汉迢迢暗渡。[3]
金风玉露一相逢，[4] 便胜却人间无数。
柔情似水，佳期如梦，[5] 忍顾鹊桥归路！[6]
两情若是久长时，[7] 又岂在朝朝暮暮。[8]

注释

1 纤云：纤细轻柔的云彩。
弄巧：运用机巧，幻化精巧。
2 飞星：流星。
3 银汉：银河。
4 金风：秋风。玉露：白露。
5 佳期：指牛郎织女七月七日晚上在鹊桥相会的日子。
6 鹊桥：相传王母用银河强行拆散牛郎织女的夫妻情，七夕无数喜鹊飞临银河，用身体架成一座桥让牛郎与织女每年见面一次。这就是鹊桥的传说。
7 两情：夫妻二人的感情。
8 朝朝暮暮：一朝一夕。

岑其和诗

读宋秦观鹊桥仙词得此

柔情似烟恨似风，相逢无期梦成空。
半床花月坠粉泪，百感都随流水东。

2020 年 7 月 24 日下午 5 时 25 分

岑其／秦观《鹊桥仙》词意图
130cm×47cm

减字木兰花·天涯旧恨 秦观

天涯旧恨，独自凄凉人不问。
欲见回肠，[1] 断尽金炉小篆香。[2]
黛蛾长敛，[3] 任是春风吹不展。
困倚危楼，过尽飞鸿字字愁。[4]

注释

1 回肠：形容内心肠百转。
2 篆香：盘香，因其形盘屈似篆字，故称。
3 黛蛾：以青黛描画的蛾目。敛：锁眉头。
4 “飞鸿”句：高飞的大常排成“人”字或“一”字。

岑其和词

减字木兰花·忆秦观

天涯遗恨，半生沦落人不问。
无处回肠，残红入梦空留香。
何事长敛，更无消息久不展。
独上画楼，帘卷西风声声愁。

2020年7月24日上午10时18分

岑其／秦观《减字木兰花》词意图
68cm×44cm

〔赵令畤〕

赵令畤（1064—1134），初字景贶，改字德麟，自号聊复翁。太祖次子燕王德昭玄孙。哲宗元祐六年（1091）签书颍州公事，与知州苏轼友善。后坐元祐党籍，被废十年。绍兴初袭封安定郡王。有赵万里辑《聊复集》词一卷。

清平乐 赵令畤

春风依旧，著意隋堤柳。[1]
搓得鹅儿黄欲就，[2]天气清明时候。
去年紫陌青门，[3]今宵雨魄云魂。[4]
断送一生憔悴， 只消几个黄昏。

注释

1 隋堤柳：指隋炀帝时沿通济渠、邗沟河岸所植的柳树。

2 “搓得”句：言春风为隋堤柳树染上了鹅黄色。

3 紫陌青门：指冶游之所。紫陌，指京师郊外的道路。原指汉长安城东南门，因其为青色，俗呼为青门。此指帝京城门。

4 雨魄云魂：比喻漂泊，行踪不定。

岑其和词

清平乐·忆赵令畤

风物依旧，十年当时柳。
留取青山云欲就，孤雁南飞时候。
松溪潺湲空门，落花一地销魂。
唯有久客憔悴，又送几个黄昏。

2020年7月10日凌晨2时43分

岑其／赵令畤《清平乐》词意图
94cm × 50cm

〔贺铸〕

贺铸（1052—1125），字方回，卫州共城（今河南省卫辉市）人，祖籍会稽山阴（今浙江省绍兴市），宋孝惠皇后族孙。因长身挚目，面色铁青，人称贺鬼头。为人刚直不阿，仕途坎坷。晚年定居苏州，自号庆湖遗老。他诗、词、文皆善，尤长于作词度曲。其词题材丰富，多刻画闺情离思，也抒发爱国忧时之情。其词风格纷呈，兼有婉约、豪放之长，情思缠绵的作品浓丽哀婉，怀才不遇之作多悲愤激昂，各极其妙，善练字句，多佳篇名句。著有《庆湖遗老集》和《东山词》（一名《东山寓声乐府》）。

青玉案 贺铸

凌波不过横塘路，[1] 但目送、芳尘去。
锦瑟华年谁与度？[2]
月桥花院，琐窗朱户，[3] 只有春知处。

飞云冉冉蘅皋暮，[4] 彩笔新题断肠句。[5]
试问闲愁都几许？[6]
一川烟草，[7] 满城风絮，梅子黄时雨。[8]

岑其和词

青玉案·忆贺铸

千里家山白云路，旧相送，挥泪去。试问空棹谁与度？
花落庭院，虚设朱户，闻说雁归处。
寥天空阔荒江暮，孤帆凭添断肠句。烟波愁长长几许？
欲寻芳草，满目秋絮，只见芙蓉雨。[9]

2020年7月5日凌晨4时

注释

1 凌波：曹植《洛神赋》有“凌波微步，罗袜生尘”句，凌波形容女子步态轻盈。下句“芳尘”取“罗袜生尘”意，指美女的踪迹，这里指代美女。横塘：苏州一地名，作者住处附近。
2 锦瑟华年：语出李商隐《锦瑟》两句“锦瑟无端五十弦，一弦一柱思华年”。这里指美好的时光。
3 琐窗朱户：雕花窗户，红色大门。
4 蘅皋：指长有香草的水边高地。蘅，香草。皋，水边。
5 彩笔：五色笔。形容人极有才情。《南史·江淹传》记载江淹晚年梦见郭璞对他说：“吾有笔在卿处多年，可以见还。”江淹掏出一只五色笔给郭璞，从此写诗作文缺乏文采，人称“江郎才尽”。
6 都几许：共有多少。
7 一川：遍地。
8 梅子黄时雨：春夏之交阴雨连绵的时节正是梅子成熟的时候，俗称“梅雨”。
9 芙蓉雨：芙蓉开在秋天，故指秋雨。

岑其／贺铸《青玉案》词意图
68cm × 44cm

望湘人·春思 贺铸

厌莺声到枕，花气动帘，醉魂愁梦相半。
被惜余薰，[1]带惊剩眼。[2]
几许伤春春晚。泪竹痕鲜，[3]佩兰香老，湘天浓暖。
记小江风月佳时，屡约非烟游伴。[4]

须信鸾弦易断，[5]奈云和再鼓，[6]曲终人远。
认罗袜无踪，旧处弄波清浅。
青翰棹舣，[7]白蘋洲畔。尽目临皋飞观。[8]
不解寄、[9]一字相思，幸有归来双燕。

注释

1 余薰：余香。
2 带惊剩眼：形容人憔悴消瘦。
3 泪竹：斑竹。尧有二女娥皇、女英嫁给舜为妃。舜死后，她们思念不已，泪水洒落竹上形成点点斑痕。
4 非烟：即飞烟，唐武公的宠妾。这里指自己的情人。
5 鸾弦：相传海上有仙人用凤喙鸾角制成的胶能接续弓弦，使弦的两头相合为一，叫续弦胶。这里指爱情。
6 云和：乐器名称，指琴瑟均可。
7 青翰：刻有青鸟形图案的船。舣：船靠岸。
8 临皋：亭名。
9 不解：不懂得。

岑其和诗

读宋贺铸望湘人词得此

几许寻春春几许，水月清浅燕低飞。
一池落花梦相半，数点稀星人千里。

2020年7月24日上午10时28分

岑其／贺铸《望湘人》词意图
117cm × 44cm

[晁补之]

晁补之（1053—1110），字无咎，晚号归来子，济州巨野（今属山东省）人。神宗元丰二年（1079）进士，为“苏门四学士”之一，曾任吏部员外郎。有《琴趣外篇》六卷。

水龙吟 晁补之

次韵林圣予《惜春》

问春何苦匆匆，带风伴雨如驰骤。幽葩细萼。
小园低槛，壅培未就。[1]
吹尽繁红，[2] 占春长久，不如垂柳。
算春常不老，人愁春老，愁只是、人间有。

春恨十常八九，忍轻辜、芳醪经口。[3]
那知自是，桃花结子，不因春瘦。[4]
世上功名，老来风味，春归时候。
纵樽前痛饮，狂歌似旧，情难依旧。

注释

1 壅培：施肥培土。
2 繁红：指百花。
3 芳醪：美酒。
4 “桃花”二句：唐王建《宫词》曰：“树头树底觅残红，一片西飞一片东。自是桃花贪结子，错教人恨五更风。”

岑其和诗

读宋晁补之水龙吟词得此

风雨消磨苦匆匆，问春欲泣惜落红。
深知春恨常八九，白发回首已成空。
老来风景情依旧，断肠啼花叹春瘦。
梁燕双归不相识，空有当年月当楼。

2020年7月24日下午2时25分

岑其／晁补之《水龙吟》词意图
68cm×44cm

洞仙歌·泗州中秋作[1] 晁补之

青烟幂处，[2] 碧海飞金镜。[3] 永夜闲阶卧桂影。
露凉时、零乱多少寒螀，[4] 神京远，[5] 惟有蓝桥路近。[6]

水晶帘不下，云母屏开，[7] 冷浸佳人淡脂粉。
待都将许多明，付与金尊，投晓共、流霞倾尽。[8]
更携取、胡床上南楼，[9] 看玉做人间，素秋千顷。

注释

1 泗州：地名，在今安徽省泗县。此词作于作者正在泗州任上。

2 幂（mì）：烟雾弥漫貌。

3 金镜：喻指月亮。杜甫诗“满月飞明镜”。

4 寒螀（jiāng）：寒蝉。

5 神京：指北宋京都汴梁（今河南开封市）。

6 蓝桥：在陕西蓝田县东南，因桥架蓝水之上而得名。唐《传奇·裴航》云，书生裴航遇仙姬樊夫人于鄂渚，仙姬赠诗：“一饮琼浆百感生，玄霜捣尽见云英。蓝桥便是神仙窟，何必崎岖上玉京。”裴航经蓝桥驿口渴求浆，遇仙人云英，寻得玉杵臼捣药百日，结为仙侣。此词以蓝桥神仙窟代指嫦娥月宫。

7 云母屏：云母制成的屏风。

8 投晓：至晓。
流霞：天山云霞，此处借指美酒。仙酒名，见《抱朴子》。

9 胡床：一种可折叠的轻便坐具，又称交椅、绳床。
南楼：在湖北鄂城鄂州市南。《世说新语·容止》载，东晋庾亮在武昌，“秋夜气佳景清，使吏殷浩、王胡之之徒登南楼理咏。”“据胡床与诸人咏谑，竟坐甚得任乐。”

岑其和诗

读宋晁补之洞仙歌词得此

桂影飘香入素秋，冷浸佳淡脂粉流。
旧欢新梦付金樽，更携明月上画楼。

2020年7月23日下午3时57分

岑其／晁补之《洞仙歌》词意图
180cm×96cm

[周邦彦]

周邦彦（1056—112），字美成，号清真居士，钱塘（今浙江省杭州市）人。神宗元丰初，游京师，献《汴都赋》万余言，召为太学正。出教授庐州（今安徽省合肥市）、知溧水县令，还为国子主簿。宋徽宗时，仕至徽猷阁待制，提举大晟府，专事语制乐曲。他精通音律，能自制新腔，在词调的审定方面做了一些精密的工作。有《清真居士集》，已佚，今传有《片玉集》。他的词技巧很高，长调尤见功力。作品多写闺情、羁旅，也有咏物、咏节令之作。格律谨严，追求典丽，流于雕琢，为后来格律派所推崇。旧时词论给予很高的评价，称之为“词家之冠”（《四库全书提要》），“美成号清真，二百年来以乐府独步。贵人、学士、市儇、妓女，皆知其词为可爱。”（陈郁《藏一话腴》）。可见其对后代词坛的巨大影响。

过秦楼·大石　周邦彦

水浴清蟾，[1] 叶喧凉吹，巷陌马声初断。
闲依露井，笑扑流萤，[2] 惹破画罗轻扇。
人静夜久凭栏，愁不归眠，立残更箭。[3]
叹年华一瞬，人今千里，梦沉书远。

空见说鬓怯琼梳，容消金镜，渐懒趁时匀染。
梅风地溽，虹雨苔滋，一架舞红都变。[4]
谁信无聊为伊，才减江淹，[5] 情伤荀倩。[6]
但明河影下，还看稀星数点。

注释

1 清蟾：指明月。
2 笑扑流萤：扑捉萤火虫。用杜牧“银烛秋光冷画屏，轻罗小扇扑流萤”诗句意。
3 更箭：古代以铜壶盛水，壶中立箭以计时刻。
4 舞红：落花。
5 才减江淹：《南史》云：“江淹少时，宿于江亭，梦人授五色笔，因而有文章。后梦郭璞取其笔，自此为诗无美句，人称才尽。”
6 情伤荀倩：《世说新语·惑溺》载：“荀奉倩妻曹氏有艳色，妻常病热，奉倩以冷身熨之。妻亡，叹曰‘佳人难再得。’人吊之，不哭而神伤，未几，奉倩亦亡。”

岑其和诗

读宋周邦彦过秦楼词得此

千里忧思人无眠，夜残梦沉对清蟾。
乡书不见怨归迟，容消拭泪久凭栏。

2020年7月23日下午3时40分

岑其／周邦彦《过秦楼》词意图
68cm × 44cm

兰陵王·柳 周邦彦

柳阴直，[1] 烟里丝丝弄碧。[2] 隋堤上、[3] 曾见几番，
拂水飘绵送行色。登临望故国，[4] 谁识京华倦客？[5]
长亭路，[6] 年去岁来，应折柔条过千尺。[7]

闲寻旧踪迹，又酒趁哀弦，灯照离席。梨花榆火催寒食。[8]
愁一箭风快，半篙波暖，回头迢递便数驿，[9] 望人在天北。[10]

凄恻，恨堆积！渐别浦萦回，[11] 津堠岑寂，[12] 斜阳冉冉春无极。[13]
念月榭携手，露桥闻笛。[14] 沉思前事，似梦里，泪暗滴。

岑其和诗

读宋周邦彦兰陵王词得此

几番曾见隋堤柳，登临谁识故国秋。
应折柔条过千尺，夜渡灯火照离愁。

2020 年 7 月 16 日上午 10 时 16 分

注释

1 柳阴直：长堤上的柳树，行列整齐，柳树的阴影也连缀成一直线。
2 烟里丝丝弄碧：笼罩在薄雾里的杨柳丝丝飞舞，在展示它嫩绿的姿色。
3 隋堤：指汴京至淮河一段的水路，这条堤是隋朝开的，故称隋堤。
4 故国：指故乡。
5 京华倦客：京华，京师。倦客，长久客居，感觉厌倦之人。
6 长亭：古时驿路上十里一长亭，五里一短亭，以备行人休息，也是送别之地。
7 应折柔条过千尺：古人送行，多折柳赠别。这句说明作者经常送行。
8 梨花榆火催寒食：清明前一二日为寒食节，相传起于晋文公悼念介之推事，因介之推抱木焚死，便定于是日禁火寒食，节后另取新火。唐宋时，朝廷于清明日取榆柳之火以赐百官谓之换新火。这句指明饯别的时令是寒食节前。
9 迢递：遥远貌。
10 望人：送行人。
11 别浦萦回：船开走了，水波在回旋。
12 津堠：津指渡口，堠是古代探望敌情的堡垒。此指码头上守望、可供住宿的处所。
13 冉冉：慢慢移动的样子。无极：无边。
14 月榭、露桥：均指夜游的地方。

岑其／周邦彦《兰陵王》词意图
68cm × 44cm

蝶恋花·秋思 周邦彦

月皎惊乌栖不定，[1]更漏将残，[2]轳辘牵金井。[3]
唤起两眸清炯炯，[4]泪花落枕红绵冷。[5]

执手霜风吹鬓影，去意徊徨，[6]别语愁难听。
楼上阑干横斗柄，[7]露寒人远鸡相应。

岑其和词

蝶恋花·忆周邦彦

终宵乌啼魂不定，月落梦残，桐叶满孤井。
对镜画眉双目炯，绣帐鸳鸯翠被冷。[8]
假寐何曾对烛影，虚作徊徨，[9]低语窃自听。
无计卷帘望斗柄，[10]星空千里愁相应。

2020 年 7 月 11 日早晨 6 时 22 分

注释

1 栖不定：睡不安稳。
2 更漏：古代以铜壶滴水报时，一夜为五更，故称更漏。残：尽。
3 轳辘：一作“辘轳”，打水用的滑车。
牵：拉起打水的吊桶。
金井：雕饰的井栏。
4 炯炯：明亮的样子。潘岳《寡妇赋》：“目炯炯而不寝。”
5 红绵：指枕芯。
6 徊徨：彷徨不安的样子。
7 阑干：纵横交错的样子。
斗柄：北斗星座当中的第五颗到第七颗，三颗星形如斗柄，故称。
8 冷：冷清、孤独。
9 徊徨：彷徨不安的样子。
10 斗柄：北斗星座当中的第五颗到第七颗，三颗星形如斗柄，故称，这里亦可指夜空。

岑其／周邦彦《蝶恋花》词意图
133cm × 58.5cm

[晁冲之]

晁冲之（1073—1126），字叔用，济州巨野（今属山东省）人。举进士不第，授承务郎。人称具茨先生。尝从陈师道学诗，名列《江西诗社宗派图》。有《晁具茨先生诗集》及近人赵万里所辑《晁叔用词》。

临江仙 晁冲之

忆昔西池池上饮，[1] 年年多少欢娱。
别来不寄一行书，寻常相见了，犹道不如初。

安稳锦衾今夜梦，[2] 月明好渡江湖。
相思休问定何如，情知春去后，管得落花无。

注 释

1 西池：北宋都城汴京城西的金明池。
2 锦衾：华美的绣被。

岑其和词

临江仙 · 忆晁冲之

薄荷花开对花饮，露枝风摆欢娱。
去年别来不见书，旧燕还家了，庭前空如初。
月笼虚寒掩孤梦，声咽相望江湖。
问君后会应何如，相约秋风后，且念旧情无？

2020 年 7 月 24 日上午 10 时 50 分

岑其／晁冲之《临江仙》词意图
68cm×44cm

〔叶梦得〕

叶梦得（1077—1148），字少蕴，苏州吴县（今江苏省苏州市）人。晚年因居奇石林立的弁山（今浙江省），所以自号石林居士，绍圣四年（1097）进士。累官中书舍人、翰林学士、吏部尚书、龙图阁直学士。能诗工词，词风早年婉丽缠绵，其作多不传。南渡后多感怀国事，简淡之中有雄阔之气，词风苍劲悲凉，清旷淡远。著有《建康集》《石林词》《石林诗话》《石林燕语》等。

虞美人 叶梦得

雨后同干誉、才卿置酒来禽花下作[1]

落花已作风前舞，又送黄昏雨。
晓来庭院半残红，[2]惟有游丝[3]千丈、罥晴空。[4]

殷勤花下同携手，更尽杯中酒。
美人不用敛蛾眉，我亦多情无奈、酒阑时。[5]

注释

1 来禽：沙果，也称花红。古时是林檎的别称。
2 半残红：花已飘零过半。
3 游丝：飘荡在空中的蛛丝。
4 罥：缠绕。
5 酒阑：酒已喝干。

岑其和词

虞美人·忆叶梦得

一树天香梨花舞，染袂多情雨。
为我留连惜残红，对此游丝，无处不胜空。
曾经年少同携手，花下月中酒。
相对一笑解愁眉，本应浓情，无奈人老时。

2020年7月9日晚上10时58分画余即成

岑其／叶梦得《虞美人》词意图
68cm×44cm

[曹组]

曹组（生卒年不详），字元宠，颍昌（今河南省禹州市）人。宣和三年（1121）登进士第。官至阁门宣赞舍人，睿思殿应制。敏于应对，工诗文。有辑本《箕颍集》。

蓦山溪·梅　曹 组

洗妆真态，不作铅华御。[1] 竹外一枝斜，想佳人，天寒日暮。
黄昏院落，无处著清香，风细细，雪垂垂，何况江头路。

月边疏影，梦到消魂处。梅子欲黄时，又须作，廉纤细雨。[2]
孤芳一世，供断有情愁，[3] 消瘦损，东阳也，[4] 试问花知否？

岑其和诗

读宋曹组蓦山溪词得此

孤芳一枝斜，瘦骨呈风华。
凌寒著清香，独饮对落花。

2020 年 7 月 24 日下午 5 时 28 分

注 释

1 铅花御：用脂粉化妆。
2 廉纤：细微，纤细，形容连绵不断。
3 供断：供尽，无尽地提供。
4 东阳：原指南朝梁代曾任东阳太守的沈约，此处指作者自己。

岑其／曹组《蓦山溪》词意图
68cm×44cm

【田为】

田为（生卒年不详），字不伐，善琵琶，通音律。政和末，充大晟府典乐。存词六首。

江神子慢·玉台挂秋月　田　为

玉台挂秋月，[1] 铅素浅、[2] 梅花傅香雪。[3]
冰姿洁，金莲衬、[4] 小小凌波罗袜。[5]
雨初歇，楼外孤鸿声渐远，远山外、行人音信绝。
此恨对语犹难，那堪更寄书说。

教人红消翠减，觉衣宽金缕，[6] 都为轻别。
太情切，消魂处、画角黄昏时节。
声呜咽，落尽庭花春去也，银蟾迥、[7] 无情圆又缺。
恨伊不似余香，惹鸳鸯结。[8]

注释

1 玉台：传说为神仙居所，此处指碧空。
2 铅素：铅华。女子所用铅粉。
3 梅花：指梅花妆。
傅：通“附”，附着。
4 金莲：专指女子纤足。
5 凌波罗袜：喻女子步履轻盈。
6 金缕：饰有金线的罗衣。
7 银蟾：明月。传说月宫中有蟾蜍，故称。
8 惹：黏附、紧贴之意。
9 初濛：雨初停下来濛濛的样子。

岑其和诗

读宋田为江神子慢词得此

风箫声断雨初濛，庭前花落泣晚风。[9]
满地夕阳似去年，闲对新月听晚钟。

2020 年 7 月 24 日下午 2 时 53 分

岑其／田为《江神子慢》词意图
122cm×48.5cm

【徐伸】

徐伸（生卒年不详），字干臣，三衢（今浙江省衢州市）人。政和初，以知音律为太常典乐，出知常州。著有《青山乐府》。

转调二郎神 徐伸

闷来弹雀，[1] 又搅碎、一帘花影。
漫试著春衫，[2] 还思纤手，熏彻金炉烬冷。[3]
动是愁端如何向，但怪得、新来多病。
想旧日沈腰，[4] 如今潘鬓，[5] 不堪临镜。

重省。别来泪滴，罗衣犹凝。
料为我厌厌，日高慵起，长托春酲未醒。[6]
雁翼不来，[7] 马蹄轻驻，门闭一庭芳景。
空伫立，尽日阑干倚遍，昼长人静。

注释

1 弹雀：用弹击走喜鹊。
2 漫：随意，漫不经心。
3 金炉烬冷：铜炉内香灰已冷。
4 沈腰：瘦腰。南朝梁沈约以瘦弱著名。
5 潘鬓：指头发斑白。典出潘岳《秋兴赋》：“斑鬓髟以承弁兮，素发飒以垂领。”
6 酲：形容醉后神志不清。
7 雁翼：代指书信。

岑其和诗

读宋徐伸转调二郎神词得此

繁花掩映带春愁，满庭芳菲一时休。
觉来幽梦空对月，此生长恨无所留。

2020年7月24日下午6时06分

岑其／徐伸《转调二郎神》词意图
68cm×44cm

【陈克】

陈克（1081—1137），字子高，自号赤城居士。临海（今属浙江省）人。一云天台（今属浙江省）人。侨居金陵。吕祉帅建康时，辟为参议。绍兴中，为敕令所编修官。曾撰《东南防守便利》上奏朝廷，力主抗金，但不为所用，词作中常寄寓家国之慨。词格艳丽，接近温、韦、晏、周。前人评论其词“格韵绝高”（周济语）、“婉雅闲丽”（陈廷焯语）。有《天台集》，已佚，今存辑词《赤城词》。

菩萨蛮·绿芜墙绕青苔院　陈　克

绿芜墙绕青苔院，[1] 中庭日淡芭蕉卷。[2]
蝴蝶上阶飞，烘帘自在垂。[3]
玉钩双语燕，宝甃杨花转。[4]
几处簸钱声，绿窗春睡轻。[5]

注释

1 “绿芜”句：借用白居易《陵园妾》诗句，写小院的幽深。绿芜，指碧绿的丛生春草。

2 卷：花叶蜷曲未展的样子。

3 烘帘：暖帘，用以挡风的帘幕。自在：自然，无拘无束。

4 宝甃（zhòu）：井壁，此代指井。

5 簸钱：唐宋间青年女子喜爱的一种游戏，一个人持铜钱手中掂簸，依次展开，让对方猜钱的正反面，以决胜负。王建《宫词》云：“暂向玉华阶上坐，簸钱赢得两三筹。”

“绿窗”句：化用晏几道《更漏子》“绿窗春睡浓”句。绿窗，代指闺房。

岑其和词

菩萨蛮·忆陈克

清秋寂寞绕深院，身心半随芭蕉卷。
落叶上阶飞，残荷自在垂。
别来旧时燕，向晚黄花转。
遥听玉笛声，凄然入梦轻。

2020年7月6日凌晨4时21分

岑其／陈克《菩萨蛮》词意图
117cm×53cm

［周紫芝］

周紫芝（1082—1155），字少隐，自号竹坡居士，宣城（今属安徽省）人，绍兴十二年（1142）进士，官至枢密院编修。一生著述甚丰，以诗著称，讲求自然顺畅。亦能词，自称“少时酷喜小晏词”，其词风清丽婉约，近晏几道。著有《竹坡词》《竹坡诗话》《太仓稊米集》。

鹧鸪天·一点残红欲尽时 周紫芝

一点残红欲尽时，[1]乍凉秋气满屏帏。
梧桐叶上三更雨，叶叶声声是别离。[2]

调宝瑟，拨金猊。[3]那时同唱鹧鸪词。
如今风雨西楼夜，不听清歌也泪垂。

注 释

1 红：灯。
2 “梧桐”两句：来自温庭筠的词《更漏子》：“梧桐树，三更雨，不道离情正苦。一叶叶，一声声，空阶滴到明。”用梧桐夜雨来描写相思别离之苦。
3 金猊：一种像狻猊的香炉。狻猊，狮子别称。

岑其和词

鹧鸪天·忆周紫芝

客旅十年东望时，乍惊秋月照屏帏。
怕听三更梧桐雨，点点滴滴是别离。
空琴瑟，冷金猊。忆君同唱大江词。
灯火风雨钱塘夜，梦里江潮共泪垂。

2020年7月26日凌晨2时25分

岑其／周紫芝《鹧鸪天》词意图
68cm x 44cm

［赵佶］

赵佶（1082—1135），宋朝第八位皇帝（宋徽宗），崇尚奢华，重用奸臣蔡京、童贯等人，横征暴敛，大兴土木，修建华丽宫院。1125 年禅位于太子赵桓，号钦宗，他自封为太上皇。因徽宗崇信道教，钦宗尊其为教主道明皇帝。靖康二年（1127）同钦宗一起为金兵所掳，囚死于五国城（今吉林宁安市附近，一说黑龙江依兰县内），史称“靖康耻”。宋徽宗虽然政治上昏庸无能，但在书画和诗词方面却有过人之处，造诣很深。《全宋词》收其词十二首。《强村丛书》辑有《徽宗词》一卷。

宴山亭·北行见杏花 赵 佶

裁剪冰绡，[1] 轻叠数重，淡著胭脂匀注。[2]
新样靓妆，[3] 艳溢香融，[4] 羞杀蕊珠宫女。[5]
易得凋零，更多少、无情风雨。
愁苦，问院落凄凉，几番春暮。

凭寄离恨重重，[6] 者双燕，[7] 何曾会人言语。
天遥地远，万水千山，知他故宫何处。

怎不思量，除梦里、有时曾去。
无据，[8] 和梦也新来不做。[9]

岑其和诗

读宋徽宗赵佶宴山亭词得此

江山零落无凭寄，孤魂离愁何处去？[10]
旧欢新梦觉来时，多少宫阙凄凉意。
故国望断玉蟾低，千里尘土家迷离。[11]
画里楼台空繁华，无限愁肠旧滋味。[12]

2020 年 7 月 26 日凌晨 2 时 35 分

注 释

1 冰绡：洁白的丝绸。绡，生丝织成的绸子。唐人王勃《七夕赋》有“引鸳杼兮割冰绡”句。
2 著：涂抹。匀注：均匀点染。
3 靓妆：粉黛妆饰，即艳丽的妆饰。汉代司马相如《上林赋》有“靓妆刻饰”句。
4 艳溢香融：光艳四射，香气敬发。
5 蕊珠宫：道家传说中的“天上宫阙”，在上清宫中，为得道仙人住所。
6 凭寄：这里有烦请传寄之意。凭：靠什么。
7 者：同“这”。
8 无据：无所依靠。
9 和：连。
10 首句：徽宗父子为金人所掳，从此沦为囚徒。
11 故国：指北宋。玉蟾：明月。
12 最后两句：徽宗身陷囹圄，只有通过画里的江山楼台来回忆当年的繁荣和奢华，却又带来无限的痛苦和悲凉。

岑其／赵佶《宴山亭》词意图
116cm×52cm

【李清照】

李清照（1084—1155），号易安居士，济南（今山东省济南市）人。她出生于一个文学气氛十分浓厚的士大夫家庭，其父是北宋著名文学家李格非，自幼受到熏陶，培养了她多方面的文学艺术才能。青年时代，词人与丈夫赵明诚过着宁静闲适的书斋生活，其词作多限于离情别绪、闺中生活、写景咏物，风格清丽俊朗。靖康之难后，词人夫妇南下。不久赵明诚染疾病逝。从此，李清照漂泊在杭州、金华一带，在落寞中度过了悲苦孤独的晚年。国破家亡，丧夫寡居，强烈的身世感使词人的创作发生了深刻变化，写出了一些反映社会现实的作品，风格沉郁凄凉。李清照是宋代知名的女作家，她兼擅诗、词、文，而词的成就最大，在词史上享有崇高的地位。著有《漱玉词》。

渔家傲 李清照

天接云涛连晓雾，[1] 星河欲转千帆舞。[2]
仿佛梦魂归帝所。[3] 闻天语，[4] 殷勤问我归何处？

我报路长嗟日暮，[5] 学诗谩有惊人句。[6]
九万里风鹏正举。风休住，蓬舟吹取三山去！[7]

注释

1 云涛：如云层翻滚般的波涛。
2 星河：指北斗七星和银河。
帆：本指船帆，这里以帆代船。
3 帝所：指天帝或玉皇大帝的住所。
4 天：天帝，抑或指玉皇大帝。
5 报：回报、回答。
6 谩：无、没、莫。
7 蓬舟：轻如蓬草的小船。
三山：指传说中的蓬莱、方丈、瀛洲三座仙山。

岑其和诗

读李清照渔家傲词得此

烟里悬帆云外树，雁行归棹去何处。
梦魂尘满惜流年，身老心情弄晓雾。
诗里应有惊人句，笔头白发嗟日暮。
蓬舟载我三山去，天风海涛千帆舞。

2020 年 7 月 25 日凌晨 3 时

岑其／李清照《渔家傲》词意图
68.5cm × 44cm

一剪梅·红藕香残玉簟秋 李清照

红藕香残玉簟秋。[1]轻解罗裳，独上兰舟。
云中谁寄锦书来？[2]雁字回时，月满西楼。

花自飘零水自流。一种相思，两处闲愁。
此情无计可消除，才下眉头，却上心头。

注释

1 红藕：红色的荷花。
残：凋谢。
玉簟（diàn）：素白的竹席。

2 锦书：前秦窦滔妻苏若兰，曾寄给她丈夫一首织锦回文诗，后世“锦书”多指夫妻间往来的书信。

岑其和词

一剪梅·忆李清照

冷露珠帘晚入秋，寒侵素裳，更凭兰舟。
江湖满地雁飞来，枫叶红时，独坐江楼。
而我飘零泪自流。何来乡思？云移闲愁。
笳笛声声无可除，悲上眉头，痛入心头。

2020年7月25日凌晨3时20分

岑其／李清照《一剪梅》词意图
68cm×44cm

声声慢 李清照

寻寻觅觅，冷冷清清，凄凄惨惨戚戚。[1]
乍暖还寒时候，最难将息。[2]
三杯两盏淡酒，怎敌他、晓来风急！[3]
雁过也，正伤心，却是旧时相识。

满地黄花堆积，憔悴损，[4]如今有谁堪摘？
守著窗儿，独自怎生得黑！
梧桐更兼细雨，到黄昏、点点滴滴。
这次第，怎一个愁字了得！[5]

注释

1 寻寻觅觅：若有所失、四顾张望的样子。
戚戚：忧伤的样子。
2 乍暖还寒时候：指深秋时天气虽偶然温暖，但总体上越来越冷。
将息：调养身体。
3 晓：一作“晚”。
4 憔悴损：指满地菊花残枯凋谢的样子。
5 这次第：这种令人忧愁的情景。
“怎一个”句：一个“愁”字怎能概括得了呢。了得，囊括得尽。

岑其和词

声声慢·忆李清照

半生寻觅，回头冷清，凄惨使君戚戚。
天涯落暮时候，无可将息。
灯火沦落杯酒，无计他风雨更急。
人去也，旧伤心，奈何曾经相识。
满目月光堆积，一夜损，谁能伴我堪摘？
对镜清泪独自，无寐晨黑！
十里亭外暮雨，恨黄昏、帘卷点滴。
恐此生，逐一抹残红了得！

2020 年 7 月 26 日凌晨 2 时 15 分

岑其／李清照《声声慢》词意图
119cm×40cm

〔李玉〕

李玉，身世不详。《全宋词》存其词一首。

贺新郎·春情 李玉

篆缕销金鼎。[1] 醉沉沉、庭阴转午，画堂人静。
芳草王孙知何处，惟有杨花糁径。[2]
渐玉枕、腾腾春醒。[3]
帘外残红春已透，镇无聊、[4] 殢酒厌厌病。[5]
云鬓乱，未忺整。[6]

江南旧事休重省。遍天涯、寻消问息，断鸿难倩。[7]
月满西楼凭阑久，依旧归期未定。
又只恐、瓶沉金井。[8]
嘶骑不来银烛暗，枉教人、立尽梧桐影。
谁伴我，对鸾镜。

注释

1 篆缕：香烟上升如线，有如篆字。金鼎：香炉。
2 糁（sǎn）：飘散。
3 腾腾：懒散、随便的样子。
4 镇：整、整天。
5 殢（tì）：困扰；纠缠不清。
6 忺（xiān）：高兴、适意。
7 倩：请、央求。
8 瓶沉金井：指彻底断绝，希望破灭，喻两人分手。典出白居易《井底引银瓶》诗：“瓶沉簪折知奈何，似妾今朝与君别。”

岑其和诗

读宋李玉贺新郎词得此

别绪那堪凭栏久，旧梦依依空画楼。
一夜愁味月下看，枉教多情添新愁。

2020 年 7 月 25 日凌晨 1 时

岑其／李玉《贺新郎》词意图
68cm x 44cm

［陈与义］

陈与义（1090—1138），字去非，号简斋，洛阳（今属河南省）人，登政和三年（1113）上舍甲科进士，官至参知政事。他以诗著名，宋末方回所称江西诗派“一祖三宗”，一祖是杜甫，三宗就是黄庭坚、陈师道和陈与义。南渡后，诗风有明显变化、由清新畅朗变为沉郁悲壮。也善于写词、风格与诗接近，豪放之中不乏清逸婉丽。有《简斋集》《无住词》。

临江仙 陈与义

高咏楚词酬午日，[1] 天涯节序匆匆。[2]
榴花不似舞裙红。无人知此意，歌罢满帘风。[3]

万事一身伤老矣，戎葵凝笑墙东。[4]
酒杯深浅去年同。试浇桥下水，今夕到湘中。[5]

注释

1 午日：五月初五的端午节，相传屈原在这一天投江，民间要赛龙舟、吃粽子以示纪念。
2 节序：节令。
3 歌罢：歌咏完《楚辞》。
4 戎葵：蜀葵。
5 湘中：湘江水中，指屈原投江处。

岑其和诗

读宋陈与义临江仙词得此

几度缘深到湘中，老眼凝望秋已红。
千古诗魂最伤情，江水心事泪无穷。

2020年7月25日凌晨1时30分

岑其／陈与义《临江仙》词意图
68cm×44cm

［鲁逸仲］

鲁逸仲（1085—1100），为孔夷隐名，字方平，汝州龙兴（今属河南省）人。宋哲宗元祐中隐士。其词如《惜余春慢》《南浦》等，均录于赵闻礼《阳春白雪》集。

南浦·旅怀　鲁逸仲

风悲画角，听单于[1]三弄落谯门。[2]
投宿骎骎征骑，[3]飞雪满孤村。
酒市渐阑灯火，正敲窗、乱叶舞纷纷。
送数声惊雁，乍离烟水，嘹唳度寒云。[4]

好在半胧淡月，到如今、无处不销魂。
故国梅花归梦，愁损绿罗裙。[5]
为问暗香闲艳，也相思、万点付啼痕。
算翠屏应是，两眉余恨倚黄昏。

注释

1 单于：唐代乐曲名，又称《小单于》。
2 三弄：奏乐三遍，形容一次次。
3 骎骎：马速行貌。
4 嘹唳：高空鸟鸣声。
5 绿罗裙：此处指意中美人。

岑其和诗

读宋鲁逸仲南浦词得此

单于一曲舞黄昏，万点相思落孤魂。
故国梅花正盛开，归梦无期付啼痕。

2020年7月25日凌晨2时

岑其／鲁逸仲《南浦》词意图
68cm x 44cm

〔岳飞〕

岳飞（1103—1142），字鹏举，相州汤阴（今属河南省）人。南宋抗金名将，官至枢密副使，封武昌郡开国公。因不附和议，被秦桧以“莫须有”的罪名杀害。孝宗时，谥武穆。宁宗时追封鄂王，理宗时改谥忠武。著有《岳武穆遗文》（一作《岳忠武王文集》），诗词、散文都慷慨激昂。

满江红·写怀　岳　飞

怒发冲冠，[1]凭栏处、潇潇雨歇。[2]
抬望眼，仰天长啸，[3]壮怀激烈。
三十功名尘与土，八千里路云和月。
莫等闲、[4]白了少年头，空悲切！

靖康耻，[5]犹未雪。臣子恨，何时灭！
驾长车，踏破贺兰山缺。[6]
壮志饥餐胡虏肉，笑谈渴饮匈奴血。[7]
待从头，收拾旧山河，朝天阙。[8]

注释

1 冠：帽子。
2 潇潇：形容雨势急骤。
3 长啸：感情激动时撮口发出清而长的声音，为古人的一种抒情之举。
4 等闲：轻易，随便。
5 靖康耻：指北宋靖康二年(1127)，金兵攻陷京城汴梁，掠走徽、钦二帝。
6 贺兰山缺：在今宁夏回族自治区（与内蒙古自治区交界处）。此处指金兵占领区。
缺：山口。
7 胡虏、匈奴：指金兵。
8 朝天阙：指朝见皇帝。
天阙：天子宫殿前的楼观。

岑其和诗

读岳飞满江红词得此

三十功名付白头，壮志空怀家国仇。
一片丹心昭日月，风波亭前千古愁。

2020年7月24日下午6时18分

岑其／岳飞《满江红》词意图
68cm × 44cm

【韩元吉】

韩元吉（1118—1187），字无咎，号南涧，开封雍丘（今河南省杞县）人，官至吏部尚书，晚年徙居信州（今江西省上饶市）。曾与张元干、张孝祥、范成大、陆游、辛弃疾等人以词唱和，词风近辛派。著有《南涧诗余》和《焦尾集词》。

六州歌头·桃花　韩元吉

东风著意，先上小桃枝。红粉腻，娇如醉，倚朱扉。
记年时，隐映新妆面，临水岸，春将半，云日暖，斜桥转，
夹城西。草软莎平，跋马垂杨渡。[1] 玉勒争嘶。[2]
认蛾眉，[3] 凝笑脸，薄拂燕脂，绣户曾窥。[4] 恨依依。

共携手处，香如雾，红随步，怨春迟。消瘦损，凭谁问？
只花知，泪空垂。旧日堂前燕，和烟雨，又双飞。
人自老，春长好，梦佳期。前度刘郎，[5] 几许风流地，
花也应悲。但茫茫暮霭，目断武陵溪。[6] 往事难追。

注释

1 跋马：驰马。
2 玉勒：玉制的马衔，也泛指马。
3 蛾眉：此指美女。
4 绣户：指女子的闺房。
5 前度刘郎：化用刘禹锡诗和刘晨、阮肇入天台山遇仙女事，这里是作者自指。
6 武陵溪：用陶渊明《桃花源记》故事，也暗指刘晨、阮肇事。

岑其和诗

读韩元吉六州歌头词有感得此

东风无意春无情，天涯消息久未闻。
残酒昏灯梦醒迟，卧听巷口卖花声。

2020年7月14日上午11时

岑其／韩元吉《六州歌头》词意图
68cm×44cm

〔张抡〕

张抡（生卒年不详），字材甫，自号莲社居士，开封（今属河南省）人，淳熙五年曾为宁武军承宣使。词多写山水景物，风格清雄。有《莲社词》一卷。

烛影摇红·上元有怀 张 抡

双阙中天，[1] 凤楼十二春寒浅。[2]
去年元夜奉宸游，[3] 曾侍瑶池宴。[4]
玉殿珠帘尽卷，拥群仙、蓬壶阆苑。[5]
五云深处。[6] 万烛光中，揭天丝管。
驰隙流年，[7] 恍如一瞬星霜换。
今宵谁念泣孤臣，回首长安远。
可是尘缘未断，谩惆怅、华胥梦短。[8]
满怀幽恨，数点寒灯，几声归雁。

注 释

1 双阙：天子宫门有双阙，指皇宫前两边高大城楼。
2 凤楼：指宫内华美的楼阁。
3 宸游：帝王的游乐。
4 瑶池：传说昆仑山上池名。
5 阆苑：此处代指宫中。
6 五云：五色祥云。此处形容上元夜晚彩灯光中，云气色彩纷呈貌。
7 驰隙：比喻光阴迅疾。
8 华胥：传为伏羲氏母亲，亦指神话中无为而治的理想国家。列子有云：“黄帝昼寝，梦游华胥之国。”后用作梦境的代称。

岑其和诗

读宋张抡烛影摇红词得此

半生流光星斗换，今宵烛影关山远。
几声归雁寒风里，数点渔火对乡愁。

2020 年 7 月 25 日凌晨 2 时 22 分于深圳客舍

岑其／张抡《烛影摇红》词意图
44cm×68.5cm

【袁去华】

袁去华（生卒年不详），字宣卿，奉新（今属江西省）人。绍兴十五年（1145）进士。曾任善化、石首知县。著有《适斋类稿》《袁宣卿词》。

安公子·弱柳丝千缕 袁去华

弱柳丝千缕，嫩黄匀遍鸦啼处。[1]
寒入罗衣春尚浅，过一番风雨。
问燕子来时，绿水桥边路。曾画楼、见个人人否。[2]
料静掩云窗，尘满哀弦危柱。
庾信愁如许。为谁都著眉端聚。
独立东风弹泪眼，寄烟波东去。
念永昼春闲，[3] 人倦如何度。
闲傍枕、百啭黄鹂语。唤觉来厌厌，残照依然花坞。[4]

注释

1 鸦啼处：此指柳树丛中。
2 人人：犹言人儿，情人的昵称。
3 永昼春闲：春日闲寂无聊，觉得天长难以打发。
4 花坞：花圃。

岑其和诗

读宋袁去华安公子词得此

绿荫桥边闻啼莺，溪上人家柳色新。
花笑水迎本无意，勾起一片游子心。

2020 年 7 月 24 日下午 6 时 26 分

岑其／袁去华《安公子》词意图
130cm × 52cm

〔陆游〕

陆游（1125—1210），南宋著名诗人。字务观，号放翁，越州山阴（今浙江省绍兴市）人。绍兴二十三年（1153）省试第一，再试礼部，因主张抗金，被秦桧黜落。孝宗隆兴初，赐进士出身。一生主张抗金。曾投身军旅生活。官至宝章阁待制。在仕途上不断受到当权派的排斥打击。词作量不如诗篇大，但和诗同样贯穿了爱国主义精神，著有《剑南诗稿》《渭南文集》《南唐书》《老学庵笔记》等。

钗头凤 陆 游

红酥手，[1] 黄縢酒，[2] 满城春色宫墙柳。
东风恶，欢情薄。[3] 一怀愁绪，几年离索。[4]
错、错、错。

春如旧，人空瘦，泪痕红浥鲛绡透。[5]
桃花落，闲池阁。山盟虽在，锦书难托。[6]
莫、莫、莫！[7]

注 释

1 酥：柔软细嫩。
2 縢：或作藤。
3 欢情：两情相悦。
4 离索：离散；因分开而孤独。
5 浥：沾湿。
鲛绡（jiāo xiāo）：一种薄而轻的丝绸。
6 锦书：指书信。
7 莫：罢了，算了。

岑其和诗

读陆游钗头凤词得此

春残不堪对花愁，风声雨声声声愁。
莫道有情似无情，山盟全非人空瘦。

2020 年 7 月 24 日下午 6 时 30 分

岑其／陆游《钗头凤》词意图
68cm × 44cm

卜算子·咏梅 陆 游

驿外断桥边，[1] 寂寞开无主。
已是黄昏独自愁，更著风和雨。[2]
无意苦争春，一任群芳妒。[3]
零落成泥碾作尘，[4] 只有香如故。

注释

1 驿：驿站。
2 更著：又遭到。
3 一任：任凭，不在乎。
群芳：群花，普通的花卉，此处喻指政界中的小人。
4 碾：轧碎。

岑其和诗

读陆游卜算子咏梅词得此

寂寞断桥立黄昏，生来无意苦争春。
只留清香在人间，笑看风雨著诗魂。

2020 年 7 月 24 日晚上 7 时

岑其／陆游《卜算子》词意图
68cm x 44cm

诉衷情 陆游

当年万里觅封侯，匹马戍梁州。[1]
关河梦断何处？尘暗旧貂裘。[2]
胡未灭，鬓先秋，[3]泪空流。
此生谁料，心在天山，[4]身老沧洲。[5]

注释

1 梁州：今陕西南部汉中地区。
2 貂裘：用战国苏秦潦倒“黑貂之裘敝”典。
3 秋：秋霜，指鬓毛变白。
4 天山：此代指抗敌前线。有薛仁贵三箭定天山的典故。
5 沧洲：靠近水的地方，此代指闲居之地。

岑其和词

诉衷情·忆陆游

少年畅怀觅封侯，笑谈指九州。
豪情今落何处？梦里冷锦裘。
凌云灭，叶归秋，水自流。
人生难料，心系关山，魂断沧洲！

2020年7月3日早晨6时21分

岑其／陆游《诉衷情》词意图
68cm × 44cm

[范成大]

范成大（1126—1193），南宋著名诗人。字至能，号石湖居士，平江吴郡（今江苏省苏州市人）。绍兴二十四年（1154）中进士，官至参知政事。曾出使金国，表现出不畏强暴的凛然气节。晚年隐居故乡石湖。与陆游、杨万里、尤袤齐名，为南宋四大家之一。其诗纤巧婉丽，温润精雅，以反映农村社会生活内容的作品成就最高；其词情长意深，与婉约一脉相道，后期作品则近于苏轼。其作品在南宋末年即产生了显著的影响，到清初影响更大。有《石湖居士诗集》《石湖词》等传世。

霜天晓角·梅 范成大

晚晴风歇，一夜春威折。[1]

脉脉花疏天淡，[2]云来去、数枝雪。

胜绝。[3]愁亦绝，此情谁共说。

惟有两行低雁，知人倚、画楼月。

注 释

1 春威：初春的寒威。俗谓“倒春寒”。

折：减退。

2 脉脉：深含感情的样子。

3 胜绝：美景超绝。

岑其和诗

读宋范成大霜天晓角词得此

夕阳晚晴云天淡，此心万水与千山。

多情断送谁共说？惟有几点低飞雁。

2020年7月25日凌晨2点50分

岑其／范成大《霜天晓角》词意图
68cm × 44cm

【张孝祥】

张孝祥（1132—1170），字安国，号于湖居士，历阳乌江（今属安徽省和县乌江镇）人，卜居明州鄞县（今属宁波市）。绍兴二十四年（1154）进士第一，历任中书舍人、直学士院。其词早期多清丽婉约之作，南渡后转为慷慨悲凉，多抒发爱国思想，词风豪放，风格近苏轼，对后来辛派词人的创作很有影响。作品有《于湖集》，词集为《于湖词》。

六州歌头 张孝祥

长淮望断，[1] 关塞莽然平。[2]
征尘暗，霜风劲，悄边声。黯销凝。[3]
追想当年事，[4] 殆天数，[5] 非人力，
洙泗上，[6] 弦歌地，[7] 亦膻腥。[8]
隔水毡乡，[9] 落日牛羊下，区脱纵横。[10]
看名王宵猎，骑火一川明，笳鼓悲鸣，遣人惊。
念腰间箭，匣中剑，空埃蠹，[11] 竟何成。
时易失，心徒壮，岁将零。[12] 渺神京。[13]
干羽方怀远，[14] 静烽燧，且休兵。
冠盖使，[15] 纷驰骛，[16] 若为情。[17]
闻道中原遗老，[18] 常南望、翠葆霓旌。[19]
使行人到此，忠愤气填膺，[20] 有泪如倾。

注释

1 长淮：淮河。当时为宋金东部分界线。
2 莽然：草木丛生貌。
3 销凝：忧思、伤神。
4 当年事：靖康间金兵南侵灭北宋事。
5 殆：大概、也许。
6 洙泗：古代鲁国的两条河，洙水和泗水，流经曲阜。此处指中原地区。
7 弦歌：弹琴唱歌，此指礼乐教化。
8 膻腥：牛羊的气味。借指金兵。
9 毡乡：指金国古代北方少数民族大多住毡帐，故称其所居为毡乡。
10 区脱：胡人用来侦察的土室，这里指金兵的哨所。
11 空埃蠹：白白积满尘埃、被虫蛀蚀。此指闲置不用。
12 岁将零：一年将尽。
13 神京：指北宋京师汴京(今河南开封)。
14 干羽：古代一种舞具。传说禹曾舞干羽使苗族部落降服。
怀远：以文德怀柔远人。这里暗讽南宋放弃抗金而与金人讲和。
15 冠盖使：此指去金求和的使臣。
16 驰骛：奔走。
17 若为情：何以为情、难以为情。
18 中原遗老：中原沦陷区的百姓。
19 翠葆霓旌：指皇帝的车驾。翠葆，用翠羽装饰的车盖。霓旌，绘有云霓的彩旗。
20 填膺：塞满胸怀。

岑其和诗

读宋张孝祥六州歌头词得此

长安望断气纵横，千里关山月照明。
壮行踏遍云和树，故国梦里泪如倾。

2020 年 7 月 24 日晚上 9 时

岑其／张孝祥《六州歌头》词意图
68cm×44cm

［辛弃疾］

辛弃疾（1140—1207），字幼安，号稼轩，历城（今山东省济南市）人。22岁起义抗金，后归南宋。历任湖北、湖南、江西等地安抚使，在政治、军事上都采取了积极的措施以利国利民。他立志恢复中原，坚决主张抗战，由于南宋朝廷腐朽怯懦，不仅没有采纳他的意见，反而将他多次免职，最后诗人大呼“杀贼”数声，怀着壮志未遂的遗恨与世长辞。辛弃疾现存词620多首，是两宋词人中存词最多的一位作家，著有《稼轩词》（一名《稼轩长短句》）。词人以英雄自许、视抗金复国为己任的豪情壮志，深切的亡国之痛、悲悯之情，以及不满南宋朝廷、壮志难酬的满腔悲愤，交织在词中；形成了气势磅礴、奋发激越的艺术风格，极雄放豪迈，又极沉郁悲怆。同时，他又能将英雄气节化为儿女情长；既慷慨激昂，又缠绵委婉、秾纤绵密，多姿多彩，情韵悠长。他大量运用口语，并善于熔铸经史诗文，刘熙载称赞说：“任古书中理语、瘦语，一经运用，便得风流，天姿是何夐异！”

丑奴儿·书博山道中壁　辛弃疾

少年不识愁滋味，爱上层楼。
爱上层楼，为赋新词强说愁。[1]
而今识尽愁滋味，欲说还休。
欲说还休，却道“天凉好个秋”！

注释

1 强：勉强。

岑其和词

丑奴儿·忆辛弃疾

天生识得愁滋味，空守画楼。
空守画楼，一点新墨一点愁。
只今不识愁滋味，多情已休。
多情已休，闲心随意过清秋。

2020年7月25日晚上8时35分

岑其／辛弃疾《丑奴儿》词意图
77.5cm×47cm

水龙吟·登建康赏心亭[1] 辛弃疾

楚天千里清秋，[2] 水随天去秋无际。
遥岑远目，献愁供恨，玉簪螺髻。[3]
落日楼头，断鸿声里，江南游子。[4]
把吴钩看了，栏干拍遍，无人会，登临意。[5]
休说鲈鱼堪脍，尽西风、季鹰归未？[6]
求田问舍，怕应羞见，刘郎才气。[7]
可惜流年，忧愁风雨，树犹如此！[8]
倩何人唤取，红巾翠袖，揾英雄泪！[9]

岑其和诗

读宋辛弃疾水龙吟词得此

断鸿声里惜流年，秋江多少英雄泪。
栏干拍遍登临意，十万游子思长安。[10]

2020年7月24日下午3时16分

注 释

1 建康：今江苏省南京市。
赏心亭：《景定建康志》："赏心亭在（城西）下水门城上，下临秦淮，尽观览之胜，丁普公谓（字谓之、公言）建。"

2 楚天：楚国一带地区。古楚国在今长江下游地区，这里泛指江南地区。
清秋：凄凉冷落的秋天。

3 遥岑远目：遥望远山。岑，山。目，动词，望。
玉簪螺髻：比喻山。这些山有的像美人头上的碧玉簪，有的像螺旋形的发髻。《古今注》："童子结发为螺髻，言其形似螺壳。"韩愈《送桂州严大夫同用字》诗："水作青罗带。山如碧玉簪。"

4 断鸿：失群的孤雁。
江南游子：客居江南的人，作者自指。

5 吴钩：古吴国所造弯形宝刀，这里指佩剑。
登临意：登高远望的心意。登临，登山临水，此指登赏心亭。

6 "休说"二句：语出西晋张翰典（字季鹰，吴地人）。

6 《世说新语·识鉴》："张季鹰辟齐王东曹掾，在洛，见秋风起，因思吴中菰菜羹、鲈鱼脍，曰：'人生贵得适意尔，何能羁宦数千里以要名爵？'遂命驾便归。"鲈鱼，鱼名，可食。堪，可以，正好。脍，把鱼肉切细。尽，尽管。这两句的意思是说，不要说鲈鱼味道鲜美，尽管秋风吹来，我怎能像季鹰那样弃职还乡呢？

7 "求田"三句：《三国志·魏书·陈登传》："许汜与刘备共在荆州牧刘表坐。表与备共论天下人，汜曰：'陈元龙湖海之士，豪气未除……'备问汜：'君言豪，宁有事耶？'汜曰：'昔遭乱，过下邳，见元龙。元龙无客主之意，久不相与语，自上大床卧。'使客卧下床，备曰：'君有国士之名。今天下大乱，帝王失所，望君忧国忘家，有救世之意；而君求田问舍，言无可采，是元龙所讳也。何缘当与君语？如小人（刘备自指），欲卧百尺楼上，卧君于地，何但上下床之间耶？'"求田问舍，购买田地、房产。刘郎，刘备。

8 流年：像流水一样逝去的岁月。树犹如此：《世说新语·言语》："桓公（温）北征，经金城，见前为琅琊时种柳，皆已十围，慨然曰：木犹如此，人何以堪！攀枝执条，泫然流泪。"

9 倩：请。

唤取：叫来。

红巾翠袖：少女的装束，这里借指歌女。

揾（wèn）：擦拭。

10 十万游子：指离开了沦陷区的父老乡亲，纷纷南逃。都盼望着南北一统，早日回到故土。

长安：西安。这里指首都。亦可指北宋都城开封。

岑其／辛弃疾《水龙吟》词意图
68cm × 44cm

菩萨蛮·书江西造口壁[1] 辛弃疾

郁孤台下清江水，[2]中间多少行人泪。[3]
西北望长安，可怜无数山。[4]
青山遮不住，毕竟东流去。[5]
江晚正愁余，山深闻鹧鸪。[6]

岑其和词

菩萨蛮·观黄公望富春山居图卷感

富春一望清江水，老笔披图七百年。[7]
立骨气翛然，惨淡开云山。[8]
劫后几兴废，东去久未还。[9]
咫尺无限恨，一卷隔两岸。[10]

2022年9月9日0时49分

注释

1 造口：即今造口镇，在江西省万安县西南六十里。亦称皂口。

2 郁孤台：在今江西省赣州市城区西北部贺兰山顶，也称望阙台，是唐宋名胜之地。清江：赣江与袁江合流处，旧称清江。

3 行人：指被金兵追赶逃难的人民。

4 长安：汉唐故都，后代指帝都，此指宋都汴京（开封）。
可怜：可惜。

5 “青山”二句：青山虽然遮住了人们望长安的视线，却拦挡不住江水，毕竟还会奔腾东去。

6 鹧鸪：鸟名、俗谓其鸣声若曰：“行不得也哥哥。”

7 七百年：富春山居图卷作于1350年，距今已近七百年。

8 翛然：不受拘束，无心而有尔之谓。
惨淡：古人作画费尽心思构思布局，常用“惨淡经营”来形容。

9 劫后：因“焚画殉葬”而身首两段。
东去：东去中国台湾。

10 恨：遗憾。
隔两岸：前半卷“剩山图”现收藏于浙江省博物馆，后半卷“无用师”卷现藏于台北故宫博物院。

岑其／辛弃疾《菩萨蛮》词意图
68cm×44cm

青玉案·元夕[1] 辛弃疾

东风夜放花千树，更吹落、星如雨。[2]
宝马雕车香满路。[3] 凤箫声动，玉壶光转，一夜鱼龙舞。[4]

蛾儿雪柳黄金缕，笑语盈盈暗香去。[5]
众里寻他千百度，蓦然回首，那人却在，灯火阑珊处。[6]

注释

1 元夕：夏历正月十五日为上元节、元宵节，是夜称元夕或元夜。

2 花千树：花灯之多如千树开花。
星如雨：指焰火纷纷，乱落如雨。星，指焰火。

3 宝马雕车：装饰华美的车马。
凤箫声动：奏起音乐。凤箫，箫的美称，传说箫史与妻弄玉居凤台，曾吹萧引来凤凰（见《神仙传》），故称箫为凤箫。

4 玉壶：指月亮。
光转：月影移动。
鱼龙舞：指舞鱼形、龙形的灯。

5 蛾儿、雪柳、黄金缕：都是古代妇女元宵节时，头上戴的装饰品。以彩绸或彩纸制成。此指盛装的妇女。
盈盈：仪态美好的样子。

6 蓦然：猛然、突然。
回首：回头。
阑珊：零落稀疏的样子。

岑其和诗

读辛弃疾青玉案元夕词得此

东风淡荡春花舞，盈盈佳人香满路。
只应一别总关情，从此梦回千百度。

2020 年 7 月 25 日上午 11 时 50 分

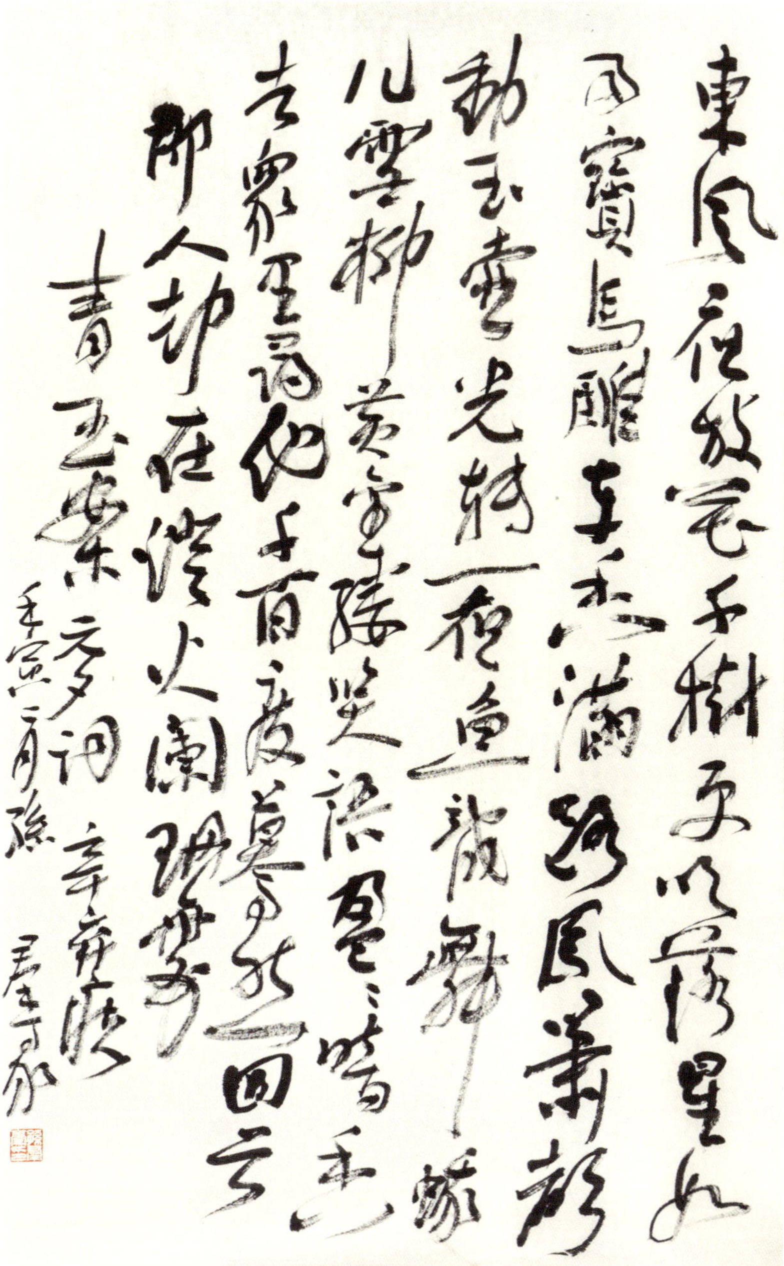

岑其／辛弃疾《青玉案》词意图
97cm × 60cm

永遇乐·京口北固亭怀古[1] 辛弃疾

千古江山，英雄无觅孙仲谋处。[2]
舞榭歌台，风流总被雨打风吹去。[3]
斜阳草树，寻常巷陌，人道寄奴曾住。[4]
想当年，金戈铁马，[5]气吞万里如虎。
元嘉草草，封狼居胥，赢得仓皇北顾。[6]
四十三年，望中犹记，烽火扬州路。[7]
可堪回首，佛狸祠下，一片神鸦社鼓。[8]
凭谁问：廉颇老矣，尚能饭否？[9]

岑其和诗

读辛弃疾永遇乐词得此

锦绣江山多豪杰，歌台舞榭总不绝。
英雄赢得千年名，一朝班师万骨寒。

2020 年 7 月 25 日下午 1 时 05 分

注释

1 京口：今江苏省镇江市。
北固亭：在镇江市东北北固山上，面临长江，又名北顾亭。

2 千古江山：历史悠久的大好河山。
觅：寻找。
孙仲谋：孙权字仲谋，三国时吴帝，曾建都京口。

3 舞榭歌台：演出歌舞的台榭。
榭：建在高台上的屋子。
风流：杰出、有影响的意思。此指英雄业绩及其遗风影响。

4 寻常巷陌：这里指普通街道。
寄奴：南朝宋武帝刘裕的小名，其先祖由彭城移居京口。刘裕在京口起兵，平定桓玄叛乱，北伐灭南燕后秦，后推翻东晋，自立为帝。

5 金戈铁马：形容队伍雄壮。

6 “元嘉”三句：南朝宋文帝刘义隆好大喜功，据《宋书·王玄谟》载，刘义隆听了王玄谟陈述北伐之策，便“使人有封狼居胥意”。于是元嘉年间命王玄谟草率北伐，失败，北魏军队追至长江边，声言渡江，使刘宋都城震恐。刘义隆曾写诗云：“惆怅惧迁逝，北顾涕交流。”（见《宋书·索虏传》）元嘉：刘裕之子宋文帝刘义隆年号（407—453）。

草草：草率马虎。封狼居胥：北伐立功的意思。狼居胥，山名，在今内蒙古自治区西北部。《史记·卫将军骠骑列传》载，霍去病追击匈奴至狼居胥山，封山而还。封山，筑土为坛，祭山神以纪念胜利。赢得：落得。

仓皇北顾：看到北方追来的敌人而惊惶失色。

7 “四十三年”三句：从1162年辛弃疾归南宋到1205年，正好43年。1162年辛弃疾投归南宋，途经扬州，曾眼见金兵在扬州一带烧杀的战火。烽火，本指边防有外敌入侵时点燃的报警之火，此指金兵烧杀的战火。

8 可堪：何堪，哪堪，不堪。回首：回顾。佛狸祠：佛狸为北魏太武帝拓跋焘的小名。拓跋焘击败王玄谟的军队后，率兵追到长江北岸的瓜步山在山上建立行宫，后称佛狸祠。神鸦：吃庙里祭品的乌鸦。社鼓：每年春秋两次祭祀土神，称为社日。社鼓，即社日祭神时的鼓声。

9 “凭谁问”二句：廉颇为赵国名将。赵悼襄王时夺了廉颇的兵权。后来，赵数困于秦，想起用廉颇，廉颇也想再为赵国效力。赵王派使者探看廉颇尚可用饭否。廉颇为之饭一斗米、肉一斤，披甲上马，以示可用。赵使者接受了廉颇之仇人郭开的贿赂，回报赵王说：“廉将军虽老，尚善饭。然与臣坐，顷之三遗失矣。”（见《史记·廉颇蔺相如列传》）

凭：靠。这两句是以廉颇自比，表示愿意为国效力，但不被重视，处境连廉颇都不如。

岑其／辛弃疾《永遇乐》词意图
108cm × 366cm

南乡子·登京口北固亭有怀[1] 辛弃疾

何处望神州？满眼风光北固楼。
千古兴亡多少事？悠悠。不尽长江滚滚流。
年少万兜鍪，[2] 坐断东南战未休。[3]
天下英雄谁敌手？曹刘。生子当如孙仲谋。[4]

注释

1 京口：今镇江市，南宋时名镇江府。北固亭：又称北固楼，在镇江市北，长江南岸。

2 兜鍪(móu)：古代士兵的头盔，这里用以指代士兵。

3 坐断：守住、坚守。曹刘：曹操和刘备。

4 孙仲谋：三国时期吴国国主，后称帝。名孙权，字仲谋。

岑其和诗

读辛弃疾南乡子词得此

夕阳一片满汀洲，云帆半挂碧波流。
望断江南登临处，无限风光北固楼。

2020年7月25日晚上8时55分

岑其／辛弃疾《南乡子》词意图
68cm × 44cm

[程 垓]

程垓（生卒年不详），字正伯，号书舟，眉山（属四川省）人。工诗文，词风凄婉绵丽。他的词集有《书舟词》。

水龙吟 程 垓

夜来风雨匆匆，故园定是花无几。
愁多怨极，等闲孤负，[1]一年芳意。
柳困花慵，杏青梅小，对人容易。[2]
算好春长在，好花长见，原只是、人憔悴。
回首池南旧事，[3]恨星星、不堪重记。[4]
如今但有，看花老眼，伤时清泪。
不怕逢花瘦，只愁怕、老来风味。
待繁红乱处，留云借月，也须拼醉。

注 释

1 等闲：随便，随意。
孤负：同辜负。
2 容易：指时光匆匆。
3 池南：池阳之南，指蜀地。
4 星星：比喻白发。

岑其和诗

读宋程垓水龙吟词得此

风雨匆匆感旧年，故园落花人憔悴。
醉里望月月含羞，老来观花花带泪。

2020 年 7 月 25 日凌晨 4 时 05 分

岑其/程垓《水龙吟》词意图
68cm×44cm

〔刘过〕

刘过（1154—1206），字改之，号龙洲道人，吉州太和（今江西省泰和县）人。籍贯尚有争议，少有大志，乐道盛衰治世方略。曾力主北伐，未果，遂飘零江湖之间，与爱国词人辛弃疾、陆游等人交往甚密。刘过博学经史百家之书，加之多年的经历，故作词大气，多壮语，词风雄放豪健。有《龙洲词》二卷流世。

唐多令·芦叶满汀洲 刘 过

安远楼小集，侑觞歌板之姬黄其姓者，[1] 乞词于龙洲道人，为赋此《唐多令》。同柳阜之、刘去非、石民瞻、周嘉仲、陈孟参、孟容。时八月五日也。

芦叶满汀洲，寒沙带浅流。二十年重过南楼。
柳下系船犹未稳，能几日，又中秋。
黄鹤断矶头，[2] 故人今在否？旧江山浑是新愁。[3]
欲买桂花同载酒，终不似、少年游。

注释

1 侑觞：劝酒之意。侑，古时用奏乐或献玉帛劝人饮食。觞，古时一种盛酒的器皿。
歌板之姬：歌女。

2 黄鹤断矶：地名，位于武昌西北，上有黄鹤楼。

3 浑：全。

岑其和词

唐多令·忆刘过

别绪满汀洲，寒风带泪流。中年梦觉坐画楼。
雨过归棹心未稳，问何日，共中秋。
明月疏枝头，千里人知否？盼重逢又生新愁。
江南一醉桂花酒，曾经似、少年游。

2020年7月25日凌晨4时55分

岑其／刘过《唐多令》词意图
68cm×44cm

〔姜 夔〕

姜夔（1155—1221），字尧章，一说鄱阳（今江西省波阳县）人，自号白石道人。姜夔少有文名，而屡试不第，奔走于名公巨卿之门，过着清客生活。但他心性清高，独立不羁。姜夔兼备书法、音乐、诗、词才能、是格律派词人的代表作家。姜夔的词、主要是咏物、写景以及爱情词。爱情词在姜词中占有相当大的比例，其词感情真挚，绝不轻薄浮艳。词风既典雅高远又清新峭拔，意境幽深。由于多用暗喻、联想等手法，又具有含蓄之美。张炎评其词云："姜白石如野云孤飞，去留无迹。"（《词源》（《四库全书提要白石词提要》说姜词"精深华妙，尤善自度新腔，故音节文采，并冠一时"。姜夔对词的贡献，主要表现在形式上，现存自度曲十七首，是研究南宋词乐的唯一完整资料。著有《白石道人诗集》《白石道人歌曲》等。

霓裳中序第一·亭皋正望极 姜 夔

丙午岁，留长沙，登祝融，[1] 因得其祠神之曲曰：《黄帝盐》《苏合香》。又于乐工故书中得商调《霓裳曲》十八阕，皆虚谱无辞。按沈氏《乐律》《霓裳》道调，[2] 此乃商调。乐天诗云："散序六阕，[3] 此特两阕，未知孰是？然音节闲雅，不类今曲：余不暇尽作，作《中序》一阕传于世。余方羁游，感此古音，不自知其辞之怨抑也。

亭皋正望极，乱落江莲归未得。[4] 多病却无气力，况纨扇渐疏，罗衣初索。[5] 流光过隙，叹杏梁、双燕如客。[6] 人何在？一帘淡月，仿佛照颜色。[7]

幽寂，乱蛩吟壁，动庾信、清愁似织。[8] 沉思年少浪迹，笛里关山，柳下坊陌。坠红无信息，[9] 漫暗水、涓涓溜碧。[10] 飘零久、而今何意，醉卧酒垆侧。[11]

岑其和诗

读宋姜夔霓裳中序第一词得此

笛里关山满地秋，乱落萍莲飘零久。
双燕如客今何在？却忆当年旧亭楼。

2020年7月25日下午1点25分

注释

1 祝融：祝融峰，南岳衡山的最高峰。

2 沈氏乐律：指沈括《梦溪笔谈》卷五的《乐律》篇。沈括说：“《霓裳曲》凡十二叠，前六叠无拍，至第七叠方谓之叠拍，自此始有拍而舞。”第七叠即中序之始，为舞曲的第一遍。道调：古乐曲的声调之一。

《霓裳羽衣曲》为黄钟商调，而非道调，即林钟宫调。

3 “乐天诗云”句：白居易《霓裳羽衣舞歌》自注：“散序六遍无拍，故不舞。中序始有拍，亦名拍序。”散序六遍，即中序前的六叠预备曲。

4 亭皋：水边高地上的亭台。皋：水边高地。

纨扇渐疏：入秋后纨扇渐渐不用。原喻宠爱断绝，此处指天气渐凉。

5 索：萧索。此处指将夏天穿的单衣收拾起来不再穿。

6 流光过隙：喻岁月如流水般飞逝。《庄子·知北游》：“人生天地之间，若白驹过隙，忽然而已。

杏梁：文杏木的屋梁。司马相如《长门赋》：“饰文杏以为梁。”

7 仿佛照颜色：化用杜甫《梦李白》诗“落月满屋梁，犹疑照颜色”之句。

乱蛩吟壁：许多蟋蟀墙角吟叫。

8 庾信清愁：北朝庾信的哀愁。庾信被羁留北国后，因思念家乡，曾作《愁赋》，中有“谁知一寸心，乃有万斛愁”之句。

9 笛里关山：指浪迹天涯，往往在《关山月》的笛声中度过。

《乐府解题》：“关山月，伤离别也。”

柳下坊陌：垂阴遮蔽下的青楼妓馆。坊陌：人家，特指妓女之家。

坠红：喻以前相恋的歌伎。

10 溜碧：流淌的绿水。

11 醉卧酒垆侧：刘义庆《世说新语·任诞》：“阮公（籍）邻家妇，有美色，当垆酤酒……阮醉，便卧其妇侧。夫始殊疑之，伺察，终无他意。”此处是作者自比阮籍的放诞。

岑其／姜夔《霓裳中序第一》词意图
68cm x 44cm

念奴娇 姜 夔

余客武陵，湖北宪治在焉。[1] 古城野水，乔木参天。余与二三友，日荡舟其间。薄荷花而饮，[2] 意象幽闲，不类人境。秋水且涸。荷叶出地寻丈，[3] 因列坐其下，上不见日。清风徐来，绿云自动。间于疏处，窥见游人画船，亦一乐也。竭来吴兴，数得相羊荷花中。[4] 又夜泛西湖，光景奇绝。故以此句写之。

闹红一舸，[5] 记来时、尝与鸳鸯为侣。三十六陂人未到，水佩风裳无数。[6]
翠叶吹凉，玉容消酒，更洒菰蒲雨。[7] 嫣然摇动，冷香飞上诗句。[8]

日暮，青盖亭亭，情人不见，争忍凌波去？[9] 只恐舞衣寒易落，愁入西风南浦。[10]
高柳垂阴，老鱼吹浪，留我花间住。田田多少，几回沙际归路。[11]

岑其和诗

读宋姜夔念奴娇词得此

青盖亭亭舞东风，秋水徐徐送落红。
清魂犹恋池中月，冷香诗句上玉容。

2020 年 7 月 25 日凌晨 4 时 13 分

注释

1 武陵：旧郡名，宋代为鼎州，治所在今湖南省常德市。

湖北宪治：指荆湖北路提点刑狱公事的官署。

2 薄：挨近，靠近。

3 寻丈：一丈左右。寻，古代长度单位，八尺为寻。

4 朅（qiè）来：唐宋人俗语，相当于今言“来到”。

相羊：即“徜徉”，徘徊流连。

5 闹红：指盛开的成片荷花。

6 三十六陂：言池塘甚多。三十六，虚数词，言其多。王安石《题太乙宫壁》诗：“三十六陂春水，白头想见江南。”

水佩风裳：以水为佩饰，以风为衣裳。李贺《苏小小墓》诗：“风为裳，水为佩。”

7 玉容消酒：喻荷花的粉红色如美人脸上酒晕才退。菰蒲：菰菜和菖蒲，两种水生植物名。菰菜，夏季开花，秋季结实，其实称菰米，可煮食。

8 嫣然：笑得甜美的样子。

冷香飞上诗句：指荷花的清香被写在诗中加以赞美。

9 青盖：荷花硕大的绿叶。

亭亭：直立的样子。

争忍：怎么忍心。

凌波去：指荡舟而去。

10 舞衣：喻荷花的绿叶如舞女之翠衣。

11 田田：指荷叶相连成片的样子。古乐府《江南曲》：“江南可采莲，莲叶何田田。”

岑其／姜夔《念奴娇》词意图
68cm×44cm

暗香·旧时月色 姜夔

辛亥之冬，余载雪诣石湖。[1] 止既月，授简索句，且征新声，[2] 作此两曲，石湖把玩不已，[3] 使工伎隶习之，音节谐婉，乃名之曰《暗香》《疏影》。

旧时月色，算几番照我，梅边吹笛？唤起玉人，[4]
不管清寒与攀摘。何逊而今渐老，[5] 都忘却春风词笔。
但怪得竹外疏花，香冷入瑶席。[6]

江国，正寂寂，[7] 叹寄与路遥，夜雪初积。
翠尊易泣，红萼无言耿相忆。[8] 长记曾携手处，
千树压、西湖寒碧。[9] 又片片、吹尽也，几时见得？

岑其和诗

读宋姜夔暗香词得此

竹里梅花竹外春，疏影依约画屏人。
便须佯醉且折枝，旧时月色最销魂。

2020 年 7 月 25 日下午 2 时 19 分

注释

1 辛亥：宋光宗绍熙二年（1191）。
载雪：冒雪乘船。
石湖：石湖位于苏州西南，与太湖相通，南宋诗人范成大晚年退居于此，自号石湖居士。

2 止既月：住满一月。既：尽。
授简：给我纸。简：古代用以书写的竹片木片，后用以代纸。
索句：要我写诗词。
征新声：要新创的词调。征：求取。

3 把玩：拿在手里反复欣赏玩味。
工伎：乐工和歌伎。隶习：学习。
隶：同“肄”。暗香、疏影：语出林逋《山园小梅》诗：“疏影横斜水清浅，暗香浮动月黄昏。”

4 玉人：容貌美丽的人，此指词人爱恋的合肥歌妓。

5 何逊：字仲言，南朝梁诗人，曾作扬州法曹。这里是词人以何逊自比。

6 竹外疏花：竹林外几枝稀疏的梅花。香冷：指梅花的清幽香气。
瑶席：宴席的美称。

7 江国：江南水乡。

8 叹寄与路遥：感叹所思人远，难表深情。寄与：指寄赠梅花以表相思。翠尊：翠绿色的酒杯。
易泣：伤怀流泪的意思。
红萼：红梅花。
耿：忠诚不忘的意思。

9 长记：永记。“千树”句：宋代杭州西湖的孤山，有梅成林。
千树：指梅林。

岑其／姜夔《暗香》词意图
68cm × 44cm

疏影 姜夔

苔枝缀玉，有翠禽小小，枝上同宿。[1]
客里相逢，篱角黄昏，无言自倚修竹。[2]
昭君不惯胡沙远，但暗忆、江南江北。[3]
想佩环、月夜归来，化作此花幽独。[4]
犹记深宫旧事，那人正睡里，飞近蛾绿。[5]
莫似春风，不管盈盈，早与安排金屋。[6]
还教一片随波去，又却怨、玉龙哀曲。[7]
等恁时、重觅幽香，已入小窗横幅。[8]

岑其和诗

读宋姜白石疏影词得此

苔枝缀玉宿黄昏，客里重逢忆旧程。
一壶画楼人不眠，玉龙哀曲感世尘。

2020年7月24日下午2时36分

注释

1 苔枝：长有苔藓的梅枝。
缀玉：指梅花像玉一样缀在梅枝。
“有翠禽”二句：据《龙城录》云，隋人赵师雄在广东罗浮，天寒日暮，在松林中遇一美人，同至酒店饮，有绿衣童歌舞助兴。师雄醉寐，拂晓醒来，发觉自己是在大梅树下，起视梅树，“上有翠羽刺嘈相顾”，原来美人是梅花神，绿衣童乃翠鸟所化。翠禽：翠绿色的鸟。

2 客里相逢：出门在外作客时与梅相遇。“无言”句：语出杜甫《佳人》诗：“绝代有佳人，幽居在空谷……天寒翠袖薄，日暮倚修竹。”修竹：高长的竹子。

3 昭君：王嫱，字昭君，西汉南郡秭归（今湖北兴山县昭君村）人，元帝时宫女。匈奴呼韩邪单于来汉求和亲，昭君远嫁匈奴。
胡沙：北方大沙漠。

4 “想佩环”二句：语出杜甫《咏怀古迹》五首之三咏昭君诗：“画图省（xing）识春风面，环佩空归月夜魂。”环佩：衣上所系的玉饰，此代指昭君。

5 “犹记”三句：用南朝宋武帝刘裕女寿阳公主事。“寿阳公主人日（阴历正月初七）卧于含章殿檐下，梅花落公主额上，成五出花，拂之不去……宫女奇其异，竟效之，今梅花妆是也。”（《太平御览》卷三十“时序部”引《杂五行书》）那人，指寿阳公主。蛾绿，指女子美丽的眉毛。

6 盈盈：仪态美好的样子。本用以形容美女，此代指梅花。苏轼《再和杨公济梅花》诗：“盈盈解佩临烟浦，脉脉当垆傍酒家。”

金屋：汉武帝幼时，姑母指着自己的女儿阿娇问他：“好否？”他答：“若得阿娇作妇，当以金屋贮之”（《汉武故事》）。这句是把梅花比作美人，应当护持珍爱。

7 玉龙哀曲：玉龙，笛子名。哀曲，指笛曲《梅花落》。李白《与史郎中钦听黄鹤楼上吹笛》：“黄鹤楼中吹玉笛，江城五月落梅花。”

8 恁（nèn）时：那时，指梅花落时。

苔枝缀玉：长有苔藓的梅枝。梅花像玉一样缀在梅枝上。

玉龙：笛子名。

哀曲：指笛曲《梅花落》。

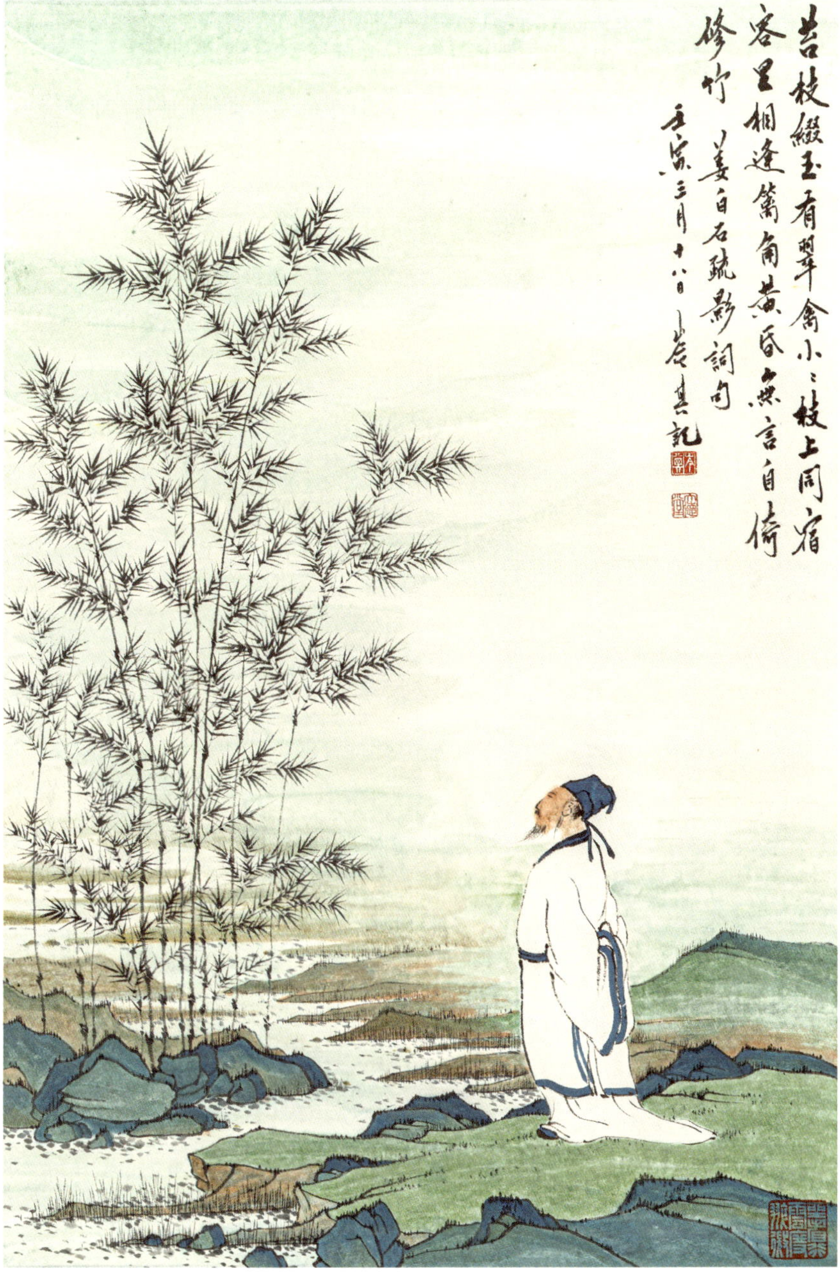

岑其／姜夔《疏影》词意图
68cm × 44cm

〔史达祖〕

史达祖（生卒年不详），字邦卿，号梅溪，汴（今河南省开封市）人。曾作过南宋权相韩侂胄的堂吏，韩侂胄失败后，他也遭到了迫害，死于贫困之中。早年屡试不中，流落江南。遂潜心攻词，是南宋中期著名词人。他的词擅长咏物，刻画工巧，形神兼备，多显轻盈、柔媚之美，间有慷慨沉都之气，在当时极负盛名。前人时他的词评价很高，称他的词“奇秀清逸，为词中俊品”。著有《梅溪词》一卷流传于世。

绮罗香·咏春雨　史达祖

做冷欺花，[1] 将烟困柳，千里偷催春暮。
尽日冥迷，[2] 愁里欲飞还住。
惊粉重、蝶宿西园，[3] 喜泥润、燕归南浦。[4]
最妨他、佳约风流，钿车不到杜陵路。[5]

沉沉江上望极，还被春潮晚急，难寻官渡。[6]
隐约遥峰，和泪谢娘眉妩。[7]
临断岸、新绿生时，是落红、带愁流处。[8]
记当日、门掩梨花，剪灯深夜语。

注释

1　做冷：春雨夹杂冷气。
2　冥迷：迷蒙。
3　西园：泛指园林。
4　南浦：泛指水滨。
5　钿车：古代妇女乘坐的华丽车辆。杜陵：汉宣帝陵墓，位于今西安市东南，是唐代郊游胜地之一。这里泛指游乐处。
6　官渡：公用的渡船。谢娘：唐代名妓谢秋娘，这里泛指歌伎。
7　眉妩：双眉娇媚可爱。
8　落红：落花。

岑其和诗

读宋史达祖绮罗香词得此

沉沉烟江叹浮沉，带愁流处惜残春。
无人共向落红看，不忘当时夜剪灯。

2020年7月25日凌晨3时58分

岑其／史达祖《绮罗香》词意图
68cm×44cm

秋霁·江水苍苍 史达祖

江水苍苍，望倦柳愁荷，共感秋色。
废阁先凉，古帘空暮，雁程最嫌风力。[1]
故园信息，爱渠入眼南山碧。[2]
念上国，谁是，脍鲈江汉未归客？[3]

还又岁晚，瘦骨临风，夜闻秋声，吹动岑寂。
露蛩悲，青灯冷屋，翻书愁上鬓毛白。
年少俊游浑断得，但可怜处，无奈苒苒魂惊，
采香南浦，剪梅烟驿。[4]

注释

1 雁程：大雁飞行的行程。

2 渠：你，这里指故园。

3 脍：据典载，晋代人张翰在洛阳为官，见秋风起而思念家乡的鲈鱼脍等美味，遂辞官归乡。后世便以鲈脍作为思乡的典故。

4 烟驿：烟雾迷蒙的驿馆。此处指作者贬居之所。

岑其和诗

读宋史达祖秋霁词得此

瘦骨临风少年游，归来已是两鬓秋。
故园信息今断送，最可怜处是乡愁。

2020 年 7 月 24 日下午 3 时 05 分

岑其／史达祖《秋霁》词意图
68cm×44cm

玉蝴蝶　史达祖

晚雨未摧宫树，[1] 可怜闲叶，犹抱凉蝉。
短景归秋，[2] 吟思又接愁边。
漏初长、梦魂难禁，人渐老、风月俱寒。
想幽欢。土花庭甃，[3] 虫网阑干。
无端。啼蛄搅夜，恨随团扇，[4] 苦近秋莲。[5]
一笛当楼，谢娘悬泪立风前。[6]
故园晚、强留诗酒，新雁远、不致寒暄。[7]
隔苍烟。楚香罗袖，谁伴婵娟。[8]

注释

1 宫树：原指宫廷中的树木，此处泛指树木。
2 短景：景，日光，节令由夏入秋，白昼变短，故称。
3 土花：苔藓。
甃（zhòu）：砖砌的边沿。
4 团扇：代指古代女子失宠。
5 秋莲：秋天成熟的莲子，莲心味苦，此处喻指女子内心的痛苦。
6 谢娘：名歌技，此处指所恋女子。
7 寒暄：问候。
8 婵娟：原指月亮，现一般用来指代美女。

岑其和诗

读史达祖玉蝴蝶词句得此

晚雨渐凉已入秋，一笛泣风忆旧游。
浮生未有安身处，芒鞋踏破雁当楼。

2020 年 7 月 15 日凌晨 4 时 20 分

岑其／史达祖《玉蝴蝶》词意图
68cm × 44cm

[卢祖皋]

卢祖皋（生卒年不详），字申之，号蒲江，永嘉（今浙江省温州市）人。庆元五年（1199）进士，嘉定时作过军器少监，累官至权真学士院。善作小令，词风纤雅，有《蒲江词稿》流世。

江城子　卢祖皋

画楼帘幕卷新晴，掩银屏，晓寒轻。
坠粉飘香，日日唤愁生。
暗数十年湖上路，能几度，著娉婷。[1]
年华空自感飘零。拥春酲，[2] 对谁醒？
天阔云闲，无处觅箫声。
载酒买花年少事，浑不似，旧心情。

注释

1 娉婷：原指姿态美好，此处指歌女。

2 酲（chéng）：醉酒。

岑其和诗

读宋卢祖皋江城子词得此

雁帖寒云感飘零，哪堪年华空多情。
人间所事多惆怅，载酒弄月逐花魂。

2020年7月24日下午6点

岑其／卢祖皋《江城子》词意图

68cm×44cm

〔刘克庄〕

刘克庄（1187—1269），字潜夫，号后村居士，福建莆田人。出身世家，以荫入任，时任靖安县主簿。为建阳县令时，因写《落梅》诗中有“东风谬掌花权柄，却忌孤高不主张”句，被诬为诋毁权贵，遭遇“文字狱”而被免官达十年之久。后以“文名久著，史学尤精”，得宋理宗赏识，于淳祐六年（1246）赐进士出身，任史事，累官至工部尚书。作为南宋后期著名词人，其词内容多写国家兴亡大事，笔力劲健，风格豪放。一生著述颇丰，有《后村先生大全集》传世。其中包括《后村长短句》五卷、《后村别调》及多卷诗文和多篇散文。同时，作为南宋后期一位贤臣，他爱国爱民，为人正直，为当时的学者所敬仰、为后人所传颂。

生查子·元夕戏陈敬叟[1] 刘克庄

繁灯夺霁华，[2] 戏鼓侵明发。[3]
物色旧时同，情味中年别。
浅画镜中眉，深拜楼西月。
人散市声收，渐入愁时节。

注 释

1 陈敬叟：字以庄，为作者友人。

2 霁华：月亮的光辉，

戏鼓：百戏乐舞。

侵：将近，直到。

明发：天色发亮。

岑其和词

生查子·忆刘克庄

落红惜年华，苦读到明发。
生涯各不同。最伤中年别。
举杯思上眉，泪洒空中月。
消息一夜收，从此愁时节。

2020 年 7 月 3 日早晨 6 时 29 分

岑其／刘克庄《生查子》词意图
68cm×44cm

贺新郎·九日 刘克庄

湛湛长空黑，[1]更那堪、斜风细雨，乱愁如织。
老眼平生空四海，赖有高楼百尺。[2]看浩荡、千崖秋色。
白发书生神州泪，尽凄凉不向牛山滴。[3]追往事，去无迹。
少年自负凌云笔，[4]到而今、春华落尽，[5]满怀萧瑟。
常恨世人新意少，爱说南朝狂客。[6]把破帽年年拈出。
若对黄花孤负酒，怕黄花也笑人岑寂。鸿去北，日西匿。

注 释

1 湛湛：深远貌。
2 高楼百尺：喻指爱国的志士居住之所。
3 牛山：在山东省临淄县，为春秋时期齐景公望都零涕之地。
4 凌云笔：豪气凌云之笔墨，典出《史记·司马相如列传》："相如既奏《大人》之赋。天子大悦，飘飘有凌云之气。"
5 春华：此处喻指少年豪气。
6 南朝狂客：指孟嘉。晋孟嘉为桓温参军，曾于重阳节共登龙山，风吹帽落而不觉。
7 去无迹：指南宋王朝国势衰弱。

岑其和诗

读宋刘克庄贺新郎词得此

少年情怀凌云笔，老眼虚空入四海。
千秋佳色去无迹，春华尽付苍生泪。[7]

2020年7月26日凌晨1时20分

岑其／刘克庄《贺新郎》词意图
68cm×44cm

［吴文英］

吴文英（约 1200—1260），字君特，号梦窗，晚年又号觉翁。四明（今浙江省宁波市）人。本姓翁，出继吴氏，遂改姓。尝佐苏州仓幕，以清客身份出入权贵之门。此后长期居住在苏州、杭州，一生未作官，以布衣终身，晚年困顿而死。善知音律，能自作曲，其词远承温庭筠，近师周邦彦，重格律形式。时人以为“深得清真之妙”。所作多抒写个人身世之感，或赠答酬唱，生活面不广。喜雕琢字句，堆砌典故，在艺术技巧方面有独特之处。清人对他的评价甚高，将其与辛弃疾、周邦彦、王沂孙并列为两宋词坛四大家一。著有《梦窗词》，存词三百余首。

渡江云三犯·西湖清明 吴文英

羞红鬓浅恨，晚风未落，片绣点重茵。[1]
旧堤分燕尾，[2] 桂棹轻鸥，[3] 宝勒倚残云。
千丝怨碧，渐路入、仙坞迷津。
肠漫回，隔花时见，背面楚腰身。
逡巡。题门惆怅，堕履牵萦，
数幽期难准，还始觉、留情缘眼，宽带因春。
明朝事与孤烟冷，做满湖、风雨愁人。
山黛暝，尘波澹绿无痕。

注释

1 重茵：芳草地。
2 “旧堤”句：杭州西湖苏堤与白提交叉，形如燕尾。
3 桂棹：以桂木为棹。

岑其和诗

读宋吴文英渡江云词得此

夜露无声月无痕，栖鸦不定孤烟冷。
人间所事皆情缘，恩怨是非古难清。

2020 年 7 月 25 日凌晨 4 时 36 分

岑其／吴文英《渡江云》词意图
68cm × 44cm

浣溪沙·门隔花深梦旧游　吴文英

门隔花深梦旧游，夕阳无语燕归愁。玉纤香动小帘钩。[1]
落絮无声春堕泪，行云有影月含羞。东风临夜冷于秋。[2]

注释

1 玉纤：纤纤玉手。
2 “冷于秋”句：指临夜的东风，比凄冷的秋天还凄冷萧瑟。

岑其和词

浣溪沙·忆吴文英

空阁冷坐感旧游，离人心上别后愁。孤桐交加月如钩。
一夜春露叶带泪，半妆轻烟花含羞。水肥石瘦胜于秋。

2020 年 7 月 26 日凌晨 2 时 50 分于深圳客舍

岑其／吴文英《浣溪沙》词意图
68cm × 44cm

风入松·听风听雨过清明 吴文英

听风听雨过清明。愁草瘗花铭。[1]
楼前绿暗分携路，一丝柳、一寸柔情。
料峭春寒中酒，[2] 交加晓梦啼莺。
西园日日扫林亭，依旧赏新晴。
黄蜂频扑秋千索，有当时纤手香凝。
惆怅双鸳不到，[3] 幽阶一夜苔生。

注释

1 瘗（yì）：埋葬。
铭：文体的一种。瘗花铭，指葬花辞。
2 中酒：醉酒。
3 双鸳：鸳鸯履，代指女子的绣花鞋，这里指女子的踪迹。

岑其和词

风入松·忆吴文英

无梦无酒过清明，愁对落花铭。
云移苦雨垂归路，风里柳，雨里别情。
野花幽草付黄酒，更怜今宵流莺。
曾忆相送十里亭，风高寻芳晴。
细数蜂蝶秋千索，坐久已觉沾香凝。
惟忧思君不到，烛光一滴泪生。

2020年7月15日凌晨4时33分

岑其／吴文英《风入松》词意图
138cm × 34cm

唐多令·惜别 吴文英

何处合成愁。离人心上秋。[1]
纵芭蕉、不雨也飕飕。[2]
都道晚凉天气好，有明月、怕登楼。
年事梦中休。[3]花空烟水流。
燕辞归、客尚淹留。
垂柳不萦裙带住。[4]漫长是、系行舟。[5]

注释

1 心上秋：这是拆字法。即“心”和“秋”二字合成“愁”字。
2 飕飕（sōu）：拟声词，这里形容风吹蕉叶的声音。
3 年事：年华与往事。
4 不萦：指缠不住。
5 漫：徒然。

岑其和诗

读宋吴文英唐多令词得此

日日望君归行舟，年年芙蓉江上秋。
垂柳不解离人苦，斜挂烟雨合成愁。

2020年7月25日凌晨4时45分

岑其／吴文英《唐多令》词意图
68cm×44cm

夜游宫·人去西楼雁杳　吴文英

人去西楼雁杳。叙别梦、扬州一觉。
云淡星疏楚山晓。听啼鸟，立河桥，话未了。
雨外蛩声早。细织就、霜丝多少。[1]
说与萧娘未知道。[2] 向长安，对秋灯，几人老。[3]

注释

1 霜丝：即指白发。
2 萧娘：女子的泛称。
3 几：此处作感叹副词用，表示“多么”的意思。

岑其和词

夜游宫·忆吴文英

野渡人空雁杳，扬州梦、千年一觉。
雨余疏磬秋枝晓，听归鸟，别夕桥，情未了。
向晚明月早，对此旅、愁知多少？
说与江水未知道，报平安，转花灯，人空老。

2020年7月3日早晨6时38分

岑其／吴文英《夜游宫》词意图
68cm×44cm

[潘 舫]

潘牥（1204—1246），字庭坚，号紫岩。据《齐东野语》载：“庭坚，初名公筠，后以诏岁乞灵南台神，梦有人持方牛首易之，遂易名牥。”又说避理宗讳改，福州富沙（今属福建省）人。端平二年（1235）进士，历太学正，通判潭州。为人跌宕不羁，留有辑本《紫岩词》一卷。

南乡子·题南剑州妓馆[1] 潘 牥

生怕倚阑干，阁下溪声阁外山。
惟有旧时山共水，依然，暮雨朝云去不还。[2]
应是蹑飞鸾，[3]月下时时整佩环。[4]
月又渐低霜又下，更阑，折得梅花独自看。

注释

1 南剑州：宋代州名，故址在今福建省南平市。
2 暮雨朝云：典出宋玉《高唐赋》：楚怀王游高唐，梦与巫山神女交欢，神女临去，留有“旦为朝云，暮为行雨”之句。后世以此代指男欢女爱。
3 蹑飞鸾：飞鸾，凤凰。此指歌伎应似仙人，乘鸾鸟飞升。
4 佩环：古代妇女佩戴的一种装饰。

岑其和词

南乡子·忆潘牥

寻芳倚阑干，云里花树云外山。
夹岸绿荫千里水，依然，六月梅雨去又还。
画堂绣飞鸾，醉里欢宴听佩环。
无端落花纷纷下，更阑，对此消瘦独自看。

2020年8月1日下午3时15分

岑其／潘牥《南乡子》词意图
68cm×44cm

【黄公绍】

黄公绍，邵武（今福建省邵武市）人，生卒年不详。度宗咸淳元年（1265）进士，未及仕而宋亡。入元不仕，隐居于樵溪。约至元二十九年（1292）以前撰成《古今韵会》，以《说文》为本，并参考宋元以前的字书、韵书，为字书训诂集大成的著作。《古今韵会》原书已不传，时人熊忠以其征引浩繁，另编《古今韵会举要》。著有《在轩集》。

青玉案·年年社日停针线　黄公绍

年年社日停针线，[1]怎忍见、双飞燕。
今日江城春已半。一身犹在，乱山深处，寂寞溪桥畔。
春衫著破谁针线。[2]点点行行泪痕满。
落日解鞍芳草岸，花无人戴，酒无人劝，醉也无人管。

注释

1 社日：古时祭祀土神的日子，分春社与秋社，此处指春社之日，古人以立春后第五个戊日为春社。停针线：旧俗在祭神的日子里，妇女不动针线。
2 著破：穿破。谁针线：谁来替我缝补。
3 春已半：指年华已老，此生已过半。余晖：夕阳余晖，亦指生命的后半生。

岑其和词

青玉案·忆黄公绍

十分春态柳如线，人不见、空飞燕。
一夜雨过春已半，老身尚在，落红深处，古木溪桥畔。[3]
萧萧华发对余晖，点点归雁别恨满。
情绪散落芦汀岸，明月空戴，佳酿谁劝，独醉天地管。

2020年7月11日凌晨2时28分

岑其／黄公绍《青玉案》词意图
68cm×44cm

[刘辰翁]

刘辰翁（1232—1297），字会孟，号须溪，庐陵（今江西省吉安市）人。理宗景定三年（1262）廷试对策，因忤贾似道，置于丙第。以亲老，自请为濂溪书院山长。入史馆，又除太学博士，皆辞官。宋亡不仕，隐居而终。其词兼学苏、辛，早期词作以俊逸见长。晚年多感伤时事之作，辞情凄苦，格调悲郁。亦能诗，曾点评杜甫、王维、李贺、陆游诸家之作。著有《须溪集》《须溪四景诗》。后人辑有《须溪先生全集》。

永遇乐 刘辰翁

余自乙亥上元[1]，诵李易安《永遇乐》[2]，为之涕下。今三年矣。每闻此词，辄不自堪，遂依其声，又托之易安自喻。虽辞情不及，而悲苦过之。

璧月初晴，黛云远淡，春事谁主。
禁苑娇寒，[3]湖堤倦暖，[4]前度遽如许。[5]
香尘暗陌，华灯明昼，长是懒携手去。
谁知道，断烟禁夜，[6]满城似愁风雨。
宣和旧日，临安南渡，[7]芳景犹自如故。
缃帙流离，风鬟三五，能赋词最苦。[8]
江南无路，鄜州今夜，[9]此苦又谁知否。
空相对，残釭无寐，[10]满村社鼓。

岑其和诗

读宋刘辰翁永遇乐词得此

香尘暗陌可怜宵，江南无路家山遥。[11]
繁灯明昼虚浮华，宣和旧事断魂销。

2020 年 7 月 25 日下午 1 时 52 分

注释

1 乙亥：宋德祐元年，公元 1275 年。
2 李易安：即李清照，北南宋之交女词人，号易安居士。
3 娇寒：轻寒。
4 倦暖：令人发困的暖意。
5 前度遽如许：此前何曾这么仓促地来到人间。
6 断烟禁夜：禁止烟火，不准挂灯，禁止夜行，晚间戒严。
7 临安：今杭州。
8 缃帙：浅黄色的书套，此处代指图书。
风鬟：头发蓬乱。
三五：指旧历正月十五夜。
9 鄜州：在今陕西省富县。杜甫诗“今夜鄜州月，闺中只独看。”杜甫当时被安史叛军俘获，而妻子还在鄜州。此句是作者自比于杜甫。
10 残釭：残灯。
11 江南无路：指南宋灭亡之后，作者无路可走，无家可归，伤时感怀，凄苦之至。宣和旧事：宣和是北宋徽宗时的年号，这里指北宋以来的往事。写出了刘辰翁对宋朝的无限留恋和怀念、道出了自己的亡国之痛。

岑其／刘辰翁《永遇乐》词意图
123cm×49cm

[彭元逊]

彭元逊，字巽吾，庐陵（今江西省吉安市）人，生卒、士履不详，理景定二年（1261）乡试举人，与刘辰翁屡有唱和。

疏影·寻梅不见 彭元逊

江空不渡，恨蘼芜杜若，[1] 零落无数。
远道荒寒，婉娩流年，望望美人迟暮。[2]
风烟雨雪阴晴晚，更何须春风千树。
尽孤城、落木萧萧，日夜江声流去。
日晏山深闻笛，恐他年流落，与子同赋。[3]
事阔心违，交淡媒劳，蔓草沾衣多露。
汀洲窈窕余醒寐，遗佩环、浮沉澧浦。[4]
有白鸥、淡月微波，寄语逍遥容与。[5]

注释

1 蘼芜杜若：两种香草名。蘼芜，其叶可做香料。杜若，又叫山姜、杜衡，叶针形，味辛香。

2 婉娩：形容性情温和，此指青春年华悄悄逝去。
美人迟暮：《楚辞.离骚》："惟草木之零落兮，恐美人之迟暮。"

3 日晏：天色已晚。
与子同赋：指与梅花同命运。媒劳：有别人的引见也是徒劳。《楚辞·九歌·湘君》："心不同兮媒劳，恩不甚兮轻绝。"

4 汀洲：水中的小洲。
余醒寐：带酒而睡。
澧浦：澧水之滨。《楚辞·九歌·湘君》："捐余袂兮江中，遗余裸兮澧浦。"

5 逍遥容与：逍遥自在的样子。《楚辞·九歌·湘君》："时不可兮再得，聊逍遥兮容与。"

岑其和诗

读宋彭元逊疏影词得此

江空萧萧去不尽，木落沉沉藏风声。
溪山深深闻夜笛，客楼依依对月明。
更待年来花千树，醉入江南一夜春。

2020年7月26日凌晨2时

岑其／彭元逊《疏影》词意图
68cm x 44cm

〔姚云文〕

姚云文，字圣瑞，高安（今江西省高安市）人，生卒年不详。宋咸淳四年（1268）进士，曾任兴县（今属山西省）县尉。入元后，授承直郎，抚、建两路儒学提举。著有《江村遗稿》，今已佚。

紫萸香慢　姚云文

近重阳偏多风雨，绝怜此日暄明。[1]
问秋香浓未，待携客、出西城。
正自羁怀多感，[2] 怕荒台高处，[3] 更不胜情。
向尊前，又忆漉酒插花人。[4] 只座上，已无老兵。[5]
凄清。浅醉还醒。愁不肯，与诗平。
记长楸走马，[6] 雕弓搾柳，[7] 前事休评。
紫萸一枝传赐，[8] 梦谁到、汉家陵。[9]
尽乌纱便随风去，要天知道，华发如此星星。[10] 歌罢涕零。

注释

1　暄明：暖和明亮。
2　正自：正好。
羁怀：客居他乡的情怀。
3　荒台：又称戏马台，在今江苏省徐州市，旧传为项羽阅兵之地。六朝宋武帝刘裕曾在此大宴宾客，后世以此为登高游乐之所。
4　漉酒插花人：典出东晋陶渊明，此处代指故人。
5　老兵：此处亦代指旧友。
6　长楸：乔木林。走马：跑马。
7　搾柳：以箭射柳。喻指箭术高明。
8　紫萸：茱萸。
9　汉家陵：此处代指宋朝帝王的陵墓。
10　华发：白发。星星：头发斑白的样子。

岑其和词

紫萸香慢·忆姚云文

又重阳，收拾风雨，拔云寻花暄明。
问乡思浓未，半生客、过江城。
策杖徐徐多感，黄花凋零处，莫名生情。
还平生尽忆、插遍茱萸人，穷达不计老来宾。
风清，沉醉欲醒，泪试洗言已贫。
千涯秋色如昔，梦难料、已纷纷。
一番豪情随风去，无人知晓，今宵数点寒星，几许涕零！

2020年7月26日凌晨3时

岑其／姚云文《紫萸香慢》词意图
68cm x 44cm

【周密】

周密（1232—1308），字公谨，号草窗、四水潜夫等，济南（今属山东省）人，流寓吴兴（今浙江省湖州市）。理宗淳祐时任义乌令，景定初任浙西师司幕官，不久去职。度宗咸淳时，监杭州丰储仓。宋亡不仕，寓居杭州。其早期词作多表现自己的优雅生活，音律讲究，文字精美。晚年身逢国难，多抒发思国怀乡之情，风格亦转向忧伤凄楚，真挚感人。与吴文英（梦窗）齐名，并称“二窗”。且能诗，能书画。著有《草窗词》《武林旧事》等，编有《绝妙好词笺》。

瑶花慢　周密

后土之花[1]，天下无二本。
方其初开，帅臣以金瓶飞骑进之天上[2]，间亦分致贵邸。
余客辇下[3]，有以一枝下共缺十八行。

朱钿宝玦，[4]天上飞琼，[5]比人间春别。
江南江北曾未见，漫似梨云梅雪。
淮山春晚，[6]问谁识、芳心高洁？
消几番、花落花开，老了玉关豪杰！[7]
金壶剪送琼枝，看一骑红尘，香度瑶阙。[8]
韶华正好，应自喜、初识长安蜂蝶。
杜郎老矣，[9]想旧事、花须能说。
记少年，一梦扬州，二十四桥明月。

注释

1 后土之花：指扬州后土祠的琼花，唐人所植。其冠硕大，移于他处则不生，为扬州一大胜景。

2 帅臣：淮南东路安抚制置使，因掌一路兵权，故称帅臣。
天上：指朝廷。

3 客辇下：客居于京师。辇下，天子辇毂之下，代指京城。

4 朱钿（diàn）宝玦：红色的钿饰和精美的玉玦。玦：圆形而有缺口的美玉。此处用喻琼花的名贵与艳丽。

5 飞琼：许飞琼，女仙名，相传为西王母的侍女。此处把琼花比作仙女。

6 淮山：淮南山川。此处代指扬州。

7 玉关豪杰：守卫边关的将士。
玉关：玉门关，代指边塞之地。

8 瑶阙：瑶台玉阙，代指皇宫。

9 杜郎：指唐代诗人杜牧，他曾担任淮南节度使李德裕的幕僚。

岑其和诗

读宋周密瑶花慢词得此

春来春去又春晚，花落花开几花谢。
江南江北多往事，使君莫忘旧少年。

2020年7月25日凌晨4时20分

岑其／周密《瑶花慢》词意图
68cm × 44cm

绣鸾凤花犯·赋水仙 周密

楚江湄，[1] 湘娥乍见，[2] 无言洒清泪。淡然春意。
空独倚东风，芳思谁寄。凌波路冷秋无际，
香云随步起。漫记得、汉宫仙掌，[3] 亭亭明月底。
冰弦写怨更多情，[4] 骚人恨，枉赋芳兰幽芷。[5]
春思远，谁叹赏、国香风味。[6]
相将共、岁寒伴侣，小窗净、沉烟熏翠袂。
幽梦觉，涓涓清露，一枝灯影里。

注释

1 湄：岸边。
2 湘娥：湘妃。此处指水仙花。
3 汉宫仙掌：汉武帝时在神明台所建的仙人承露盘。此处亦喻水仙花如承露的仙人掌。
4 冰弦：指琴弦。
5 “骚人恨”二句：意谓屈原满怀幽恨，在其辞赋中反复地寄意于兰花芷草。枉赋：白白地抒写。
6 国香：兰为国香，此谓水仙为国香。

岑其和诗

读宋周密花犯词得此

楚江堪爱素月明，长夜漫记老泪清。
莫忘灯前别离苦，岁寒伴侣最关情。

2020年7月26日凌晨1时51分

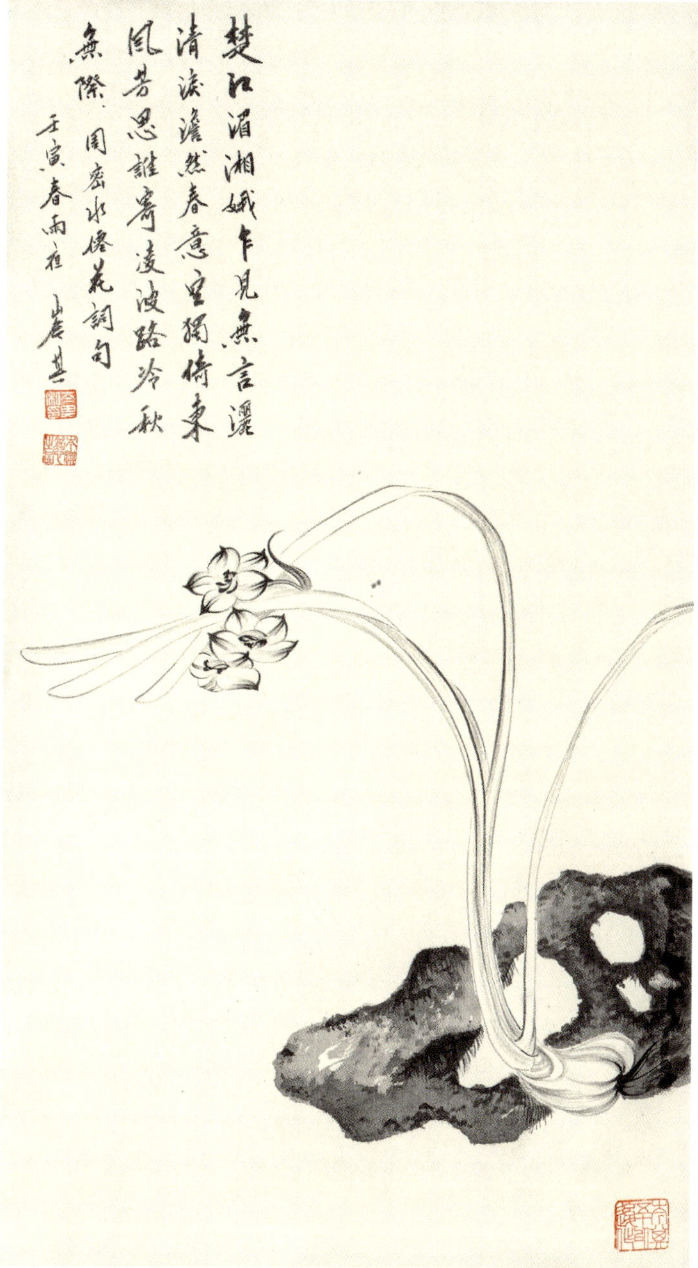

岑其／周密《花犯》词意图
73cm×37cm

【王沂孙】

王沂孙（约 1240—约 1290），字圣与，号碧山、中仙等，会稽（今浙江省绍兴市）人。宋亡后入元，曾任庆元路学正。其词多咏物之作，间寓身世之感，讲究章法层次，词致深婉，盛传于世。著有《碧山乐府》。

眉妩·新月　王沂孙

渐新痕悬柳，[1] 淡彩穿花。[2] 依约破初暝。
便有团圆意，深深拜，[3] 相逢谁在香径。
画眉未稳，料素娥、犹带离恨。
最堪爱、一曲银钩小，[4] 宝帘挂秋冷。[5]
千古盈亏休问，叹慢磨玉斧，[6] 难补金镜。[7]
太液池犹在，[8] 凄凉处、何人重赋清景。
故山夜永，试待他、窥户端正。[9]
看云外山河，还老尽、桂花影。

注释

1 新痕：初露的新月。
2 淡彩：微光犹言素彩，形容月色洁白秀美。
3 深深拜：古代女子有拜月的习俗。唐李端《新月诗》：“开帘见新月，即便下阶拜。细语人不闻，北风吹裙带。”
4 银钩：喻新月。
5 宝帘：宝镜，指天穹。
6 玉斧：相传汉吴刚曾以斧伐月中桂，见《酉阳杂俎》。
7 金镜：即圆月，暗喻国土完整。
8 太液池：汉唐长安宫中的池名。此处代指宋代的宫苑池沼。
9 端正：形容月亮正圆。

岑其和诗

读宋王沂孙眉妩词得此

斜月渐新淡穿云，长夜休问旧心情。
和风和雨两不眠，别是愁肠挂秋冷。

2020 年 7 月 25 日凌晨 4 时 30 分

岑其／王沂孙《眉妩》词意图
68cm×44cm

〔蒋捷〕

蒋捷（生卒年不详），字胜欲，号竹山，阳羡（今江苏省宣兴县）人。度宗咸淳十年（1274）进士，未授官而宋亡。入元不仕，隐居太湖竹山。其词内容较为广泛，多追昔伤今之作。构思新颖，色彩明快，音节浏亮，风格与姜夔相近。著有《竹山词》。

女冠子·元夕 蒋捷

蕙花香也，[1]雪晴池馆如画。
春风飞到，宝钗楼上，[2]一片笙箫，琉璃光射。[3]
而今灯漫挂。不是暗尘明月，[4]那时元夜。
况年来、心懒意怯，羞与蛾儿争耍。[5]
江城人悄初更打。[6]问繁华谁解，再向天公借。
剔残红灺。[7]但梦里隐隐，钿车罗帕。[8]
吴笺银粉砑。[9]待把旧家风景，写成闲话。
笑绿鬟邻女，[10]倚窗犹唱，夕阳西下。

注释

1 蕙：似兰的一种香草，暮春时开花。
2 宝钗楼：洛阳酒楼名。此处代指杭州的歌楼。
3 琉璃：南宋时盛行的一种琉璃灯。《武林旧事》："又有幽坊静巷好事之家，多设五色琉璃泡灯，更自雅洁。"
4 暗尘明月：明月高悬于天，地上车马喧阗，形容十分热闹欢乐。
5 蛾儿：妇人所戴彩花。此处泛指女子。
6 江城：指杭州。
7 灺（xiè）：蜡烛烧残的余灰。
8 罗帕：香罗帕，古代妇女常用之物。常作妇女的代称。
9 砑（yà）：发光。
10 绿鬟：少女的黑发。此代指少女。

岑其和诗

读宋蒋捷女冠子词得此

客里乡关况自伤，瘦尽诗骨细思量。
一片丹青画不成，月到中秋更断肠。

2020年7月25日凌晨3时44分

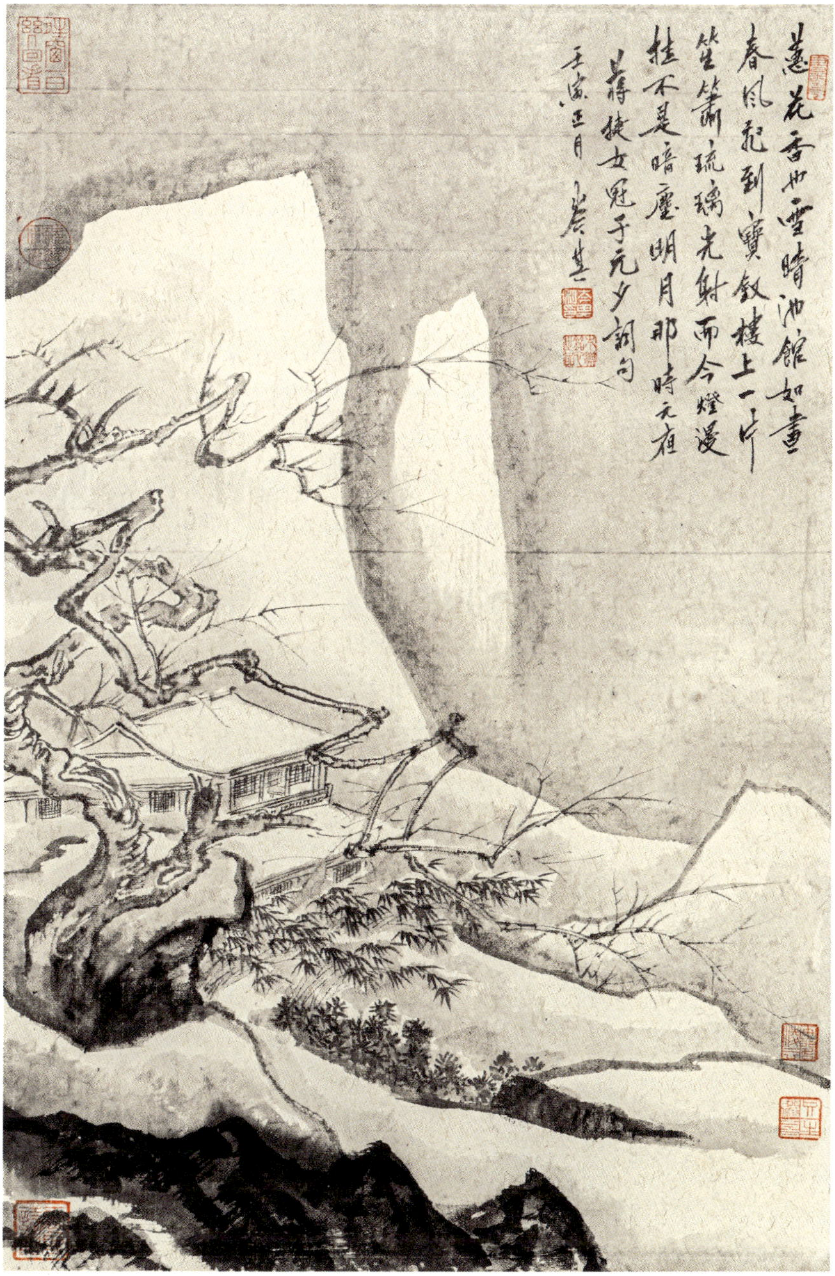

岑其／蒋捷《女冠子》词意图
68cm × 44cm

〔张炎〕

张炎（1248—约1320），字叔夏，号玉田，又号乐笑翁，凤翔（今陕西省宝鸡市凤翔区）人，南渡后寓居临安。南宋初大将张浚后裔。宋亡后曾北游元都谋官，后失意南归，落魄而终。其早年生活优裕，日以文酒自娱，词作多欢愉明畅。宋亡后，家道中落，多追怀往昔之作，格调悲凉凄婉。其词意度超远，语言清丽，善以清空之笔状沦落之悲。曾从事词论研究，对词的音律、技巧、风格，皆有论述。著有《山中白云词》《词源》。

八声甘州　张　炎

辛卯岁，沈尧道同余北归，[1]各处杭、越[2]。逾岁，尧道来问寂寞，语笑数日。又复别去。赋此曲，并寄赵学舟。

记玉关踏雪事清游，[3]寒气脆貂裘。
傍枯林古道，长河饮马，[4]此意悠悠。
短梦依然江表，老泪洒西州。[5]
一字无题处，落叶都愁。
载取白云归去，问谁留楚佩，弄影中洲？
折芦花赠远，零落一身秋。
向寻常、野桥流水，待招来，不是旧沙鸥。[6]
空怀感，有斜阳处，却怕登楼。

注释

1 辛卯：元世祖至元二十八年，公元1291年。
沈尧道：沈钦，字尧道。与赵学舟（赵与仁，字元父，号学舟）同为作者文友。
2 杭、越：杭州和绍兴府。南归后，沈钦居于杭州，作者居于绍兴。
3 玉关：玉门关。此处代指北方边关。
4 长河：黄河。
5 西州：化用羊昙哭谢安典，以东晋都城西州代指南宋故都临安。
6 旧沙鸥：喻旧时朋友。

岑其和诗

读宋张炎八声甘州词得此

望里家山泪悠悠，羁旅辛苦半生秋。
一片乡思无着落，感零夕阳怕登楼。

2020年7月25日凌晨3时40分

岑其／张炎《八声甘州》词意图
68cm × 44cm

解连环·孤雁 张 炎

楚江空晚。怅离群万里，恍然惊散。[1]
自顾影、欲下寒塘，正沙净草枯，水平天远。
写不成书，[2] 只寄得相思一点。[3]
料因循误了，[4] 残毡拥雪，[5] 故人心眼。[6]
谁怜旅愁荏苒。[7] 漫长门夜悄，[8] 锦筝弹怨。
想伴侣、犹宿芦花，也曾念春前，去程应转。
暮雨相呼，怕蓦地、玉关重见。
未羞他、双燕归来，画帘半卷。

注 释

1 恍然：怅然，失意的样子。
2 写不成书：意谓雁行可排成“一”或“人”字，而孤雁则无法成字。
3 寄得相思一点：古人有鸿雁传书之说。此句意即托孤雁寄一点相思之意。
4 因循：耽搁，拖延。
5 残毡拥雪：汉武帝时苏武被匈奴放于北海上牧羊，冬天里卧寒毡，冒大雪，备尝艰辛。此处代指边关的戍人。
6 心眼：心和眼的期盼。
7 荏苒：谓旅愁如日月之渐增。
8 长门夜悄：司马相如《长门赋·序》说：汉武帝陈皇后颇妒，被武帝幽于长门宫。陈皇后以千金托相如写了《长门赋》以感动武帝，后复得幸。

岑其和诗

读宋张炎解连环词得此

楚江久坐愁生还，云水万里雁归来。
谁怜旅愁天涯苦，孤梦返乡年复年。

2020 年 7 月 25 日凌晨 3 时 33 分

岑其／张炎《解连环》词意图
68cm × 44cm

后记

《魂归千年》与我所著《谛观千年》是姐妹篇，也是在2016后开始同步编写创作，到2023年3月基本完成。本人研习书画四十余年，空暇之余，尤喜吟诵唐宋诗词，特别喜欢以诗词的名句来入画创作，目的是为了对自己笔墨的升华和提高。本书选收了唐宋83位作者的名篇佳作134首。其中“注释”和“鉴赏”参考了前人的文字，并配上“和词”“和诗”及书画作品，努力将词意表达得恰到好处。这是尝试中的再学习，其有错误、缺点在所难免，恳请专家和读者不吝指教。本书编撰过程中，承蒙书法家孙群豪先生热情支持，提供作品，谨在此深致谢忱！

岑其

2023年3月

图书在版编目（CIP）数据

魂归千年 : 岑其与唐宋词的千年对话 / 岑其编著 .
上海 : 上海人民美术出版社 , 2025. 5. -- ISBN 978-7
-5586-2775-0
Ⅰ . I207.23

中国国家版本馆 CIP 数据核字第 20251M9B47 号

魂归千年 : 岑其与唐宋词的千年对话

编　　著：岑　其
监　　制：包晨晖
责任编辑：包晨晖
助理编辑：刘　畅
书籍设计：李莹君
出版发行：上海人民美術出版社
社　　址：上海市闵行区号景路 159 弄 A 座 7F
邮政编码：201101
印　　刷：浙江海虹彩色印务有限公司
开　　本：787mm × 1092mm　1 / 16
印　　张：18.5
版　　次：2025 年 5 月第 1 版
印　　次：2025 年 5 月第 1 次印刷
书　　号：ISBN 978-7-5586-2775-0
定　　价：260.00 元